O Bom Ladrão

O bom ladrão
Copyright © 1984, by Fernando Sabino
Rua Canning, 22, ap. 703 – Ipanema – 22081-040
Rio de Janeiro, RJ, Brasil.

Gerente editorial	Claudia Morales
Editor	Fabricio Waltrick
Editora assistente	Malu Rangel
Coordenadora de revisão	Ivany Picasso Batista
Revisão	Luicy Caetano de Oliveira
	Luciene Lima
ARTE	
Editora	Suzana Laub
Editor assistente	Antonio Paulos
Capa	Douné Spinola
	(concepção de Fernando Sabino)
Editoração eletrônica	Studio 3
	Eduardo Rodrigues

O texto "O bom ladrão" pertence à obra *A faca de dois gumes*, trilogia de novelas de Fernando Sabino, publicada pela Ed. Record.

CIP-BRASIL. CATALOGAÇÃO NA FONTE
SINDICATO NACIONAL DOS EDITORES DE LIVROS, RJ

S121b
10.ed.

Sabino, Fernando, 1923-2004
    O bom ladrão / Fernando Sabino. - 10.ed., -
São Paulo : Ática, 2010.
    96p. - (Coleção Fernando Sabino)

    Inclui bibliografia
    ISBN 978-85-08-10710-0

    1. Novela brasileira. I. Título. II. Série.

08-4706.   CDD: 869.93
                            CDU: 821.134.3(81)-3

ISBN 978 85 08 10710-0 (aluno)
ISBN 978 85 08 10711-7 (professor)
Código da obra 735795
CAE: 242012

2022
10ª edição
10ª impressão
Impressão e acabamento: Gráfica Paym

Todos os direitos reservados pela Editora Ática
Av. Otaviano Alves de Lima, 4400 – CEP 02303-900 – São Paulo, SP
Atendimento ao cliente: 4003-3061 – atendimento@atica.com.br
www.atica.com.br

IMPORTANTE: Ao comprar um livro, você remunera e reconhece o trabalho do autor e o de muitos outros profissionais envolvidos na produção editorial e na comercialização das obras: editores, revisores, diagramadores, ilustradores, gráficos, divulgadores, distribuidores, livreiros, entre outros. Ajude-nos a combater a cópia ilegal! Ela gera desemprego, prejudica a difusão da cultura e encarece os livros que você compra.

O Bom Ladrão

Fernando Sabino

editora ática

APRESENTAÇÃO

O sucesso de uma obra literária costuma ser eventual, como o de qualquer atividade artística. Tenho de reconhecer que sou bastante lido — o que devo ao fato de escrever numa linguagem que permite vários planos de leitura: abrange uma gama larga de leitores, que vai do professor ao aluno, do pai ao filho, do patrão ao empregado. Nem por isso me sinto satisfeito. No dia em que me sentir, serei um homem acabado. Entre várias maneiras de dizer, existe apenas uma que é perfeita, em geral a mais simples. É difícil de encontrá-la, embora não pareça. O elogio que mais me tocou foi o de uma leitora que tentou contar à sua amiga uma pequenina história minha e não conseguiu:

— Acabei tendo de ler a história para ela — me disse. — Parece fácil reproduzir, mas é como um passo de dança: você vai imitar a bailarina e acaba caindo.

Escrevo antes de mais nada para mim mesmo — aquilo que eu gostaria de ler. Mas não escrevo só para mim. Nem para meia dúzia de leitores, mas para o maior número possível. Eu me exprimo para me comunicar (mas a comunicação não pode se sobrepor à expressão, como vem acontecendo hoje em dia). Sinto-me defasado em relação à realidade que me cerca, e tenho de escrever para atingir a minha dimensão normal — ser do meu próprio tamanho em relação aos meus semelhantes. E se consigo provocar em algum leitor ao menos um sorriso ou uma lágrima de ternura, já me dou por recompensado. Quase nunca tomo conhecimento — e essa é a maior aflição de um escritor. Quanta coisa já escrevi que nunca soube se foi lida por alguém e muito menos o efeito que causou.

Mas às vezes fico sabendo, e de maneira bem surpreendente. Um dia soube que um casal estava se separando, e na hora de dividir as coisas da casa, o marido pegou um livro meu e disse que era dele, fazia questão de levar consigo. A mulher protestou, afirmando que era seu, ela é que havia comprado. Ele se espichou na cama, começou a ler o livro e de repente desatou a rir. Ela se ofendeu: não podia admitir que num momento tão importante na vida dos dois o marido tivesse coragem de ficar rindo como um idiota. Ele pediu desculpas e leu em voz alta o trecho que lhe provocara riso. Ela não resistiu e começou também a rir — em pouco os dois passaram a ler juntos na cama. Acabaram juntos na cama sem o livro. E desistiram de se separar. Reconheço que até parece história inventada por mim.

A novela *O bom ladrão* foi literalmente inventada. Teve como única fonte de inspiração e ponto de partida uma experiência vivida por minha amiga Clarice Lispector numa loja, conforme ela própria me contou na época: foi estupidamente acusada, pela vendedora, do furto de uma caixa de sabonetes que guardara dentro da bolsa na sua vista — certa de que fora cobrada entre as demais compras.

Iniciada a novela em 1948, levei exatamente 29 anos para descobrir como terminava. Na época, um jornal do Rio, o *Diário Carioca*, chegou a publicá-la, em capítulos semanais, numa versão com o fim errado.

Na realidade, eu próprio não sabia se a mulher era mesmo cleptomaníaca, ou se tudo não passava de fantasia do marido, como narrador. Ele próprio, ao que tudo indicava, também era meio chegado a apropriar-se do bem alheio. Acabei concluindo que não havia conclusão — quando me ocorreu tratar-se de um símile do mais célebre enigma da nossa literatura: a pretendida (pelo marido) traição de Capitu em *Dom Casmurro*, de Machado de Assis, que passou a intrigar tanto o narrador da minha história. "O bom ladrão" foi publicada originalmente numa trilogia de novelas de amor, intriga e mistério, *A faca de dois gumes*. Com dois desfechos distintos à escolha do leitor, a história evidencia a certeza de que jamais se saberá ao certo quem é o culpado: a mulher ou o marido.

Ou o próprio autor.

Fernando Sabino

*Eu sou feito um ladrão roubado
pelo roubo que leva.*
Mário de Andrade

1

Ultimamente ando de novo intrigado com o enigma de Capitu. Teria ela traído mesmo o marido, ou tudo não passou de imaginação dele, como narrador? Reli mais uma vez o romance e não cheguei a nenhuma conclusão. Um mistério que o autor deixou para a posteridade.

O que me faz pensar no meu próprio caso. Guardadas as proporções — pois não se trata de nenhuma traição de Isabel —, o que foi que houve realmente entre nós dois? Onde estaria a verdade?

Muitos anos se passaram desde então. Não tornei a me casar, e as mulheres em minha vida se limitaram a algumas aventuras de uma noite, em rápidas surtidas ao Rio, cada vez mais espaçadas. Acabei ficando por aqui mesmo para sempre, nesta pequena chácara de Barbacena que meu pai deixou de herança, com alguns trocados que me permitem ir vegetando como Deus é servido. Hoje, já entrado em anos, como se diz, mulher para mim não representa problema, e muito menos solução. O isolamento não me pesa. Aprendi a ficar sozinho naquela época já distante de minha forçada reclusão. A leitura é o meu passatempo. Levo horas seguidas mergulhado nos livros que costumo encomendar de Belo Horizonte.

Tenho certa predileção pelos romances policiais, mas me interesso também por assuntos literários. Às vezes chego mesmo a pensar em dedicar a algum deles um estudo especial. Como ao enigma de Capitu, por exemplo.

Com isso, vejo-me de novo a pensar em Isabel. Tão antigas recordações já estariam sepultadas para sempre, não me tivesse acontecido há pouco tempo algo surpreendente que veio reavivá-las.

Surpreendente é o próprio rumo que a vida vai tomando, além de qualquer previsão. Nunca me passou pela cabeça trocar o interior de Minas pelo litoral. Depois que me mudei, a pretexto de um curso superior que não cheguei sequer a iniciar, é que me pus a estudar as vantagens da decisão. Se não pensava em viver no Rio, nem trabalhar na redação de um pequeno jornal, onde acabei indo parar, até então a ideia de casar jamais me havia ocorrido. Mas Isabel aconteceu.

Muita coisa pode ter me acontecido antes e depois; hoje, todavia, se olho para o passado, vejo minha vida inteira nos dois anos que vivemos juntos. Isabel na frente e eu atrás.

Por que Isabel na frente e eu atrás?

Uma tarde — ainda éramos noivos — entramos numa loja da Rua do Ouvidor. Isabel ia fazer compras: esmalte de unhas, coisas de toalete. Ela entrou na frente e eu atrás. Quando saíamos — ela na frente e eu atrás — uma vendedora veio correndo, reteve Isabel pelo braço:

— Senhorita, um instante. A senhora esqueceu uma coisa.

Voltamos, Isabel na frente, eu desta vez no meio, e atrás a mocinha, nervosa, excitada. Aquela mistura de senhorita com senhora me sugeria variações: ela é senhorita, mas dentro de alguns dias será senhora.

O gerente nos esperava junto à caixa.

— Foi essa — e a vendedora ergueu o dedo, apontando Isabel: — Tirou uma caixa de sabonetes e escondeu na bolsa.

O sangue me subiu à cabeça, de vergonha e indignação. Que é que aquela moça estava dizendo? Braço estendido, ela acusava Isabel, que permanecia imóvel como um manequim da própria loja.

— Que é que essa moça está dizendo? — me adiantei: — Quem tirou o quê?

As outras vendedoras olhavam de longe. Alguns fregueses se detinham para ver.

— Calma — disse o gerente: — É melhor não gritar, para evitar complicações. Se sua amiga tirou os sabonetes...

— Mas isso é um absurdo! Só pode ser engano!

— Se for engano, tanto melhor. Vamos olhar na bolsa.

O BOM LADRÃO

Um pequeno grupo de curiosos se formara ao redor de nós. Mortificado, eu nem sabia mais o que se passava. Sabia apenas que o gerente tinha um bigode fino, tão fino que se podia contar os fios.

— Tirou sim — repetia a moça: — Eu vi quando ela tirou.

Isabel, impassível até então, adiantou-se, abrindo a bolsa:

— O senhor está falando *estes* sabonetes — e com a maior naturalidade exibiu ao gerente uma caixinha: — A moça já não cobrou?

— Não cobrei não. Como é que eu podia cobrar?

— Podia cobrar junto com as outras coisas que eu comprei. Tirei na sua vista. Você não disse que viu?

O gerente se apressou a encerrar o incidente:

— Um engano. Não é preciso discutir. Um simples engano — e se voltou para a vendedora, agora intimidada: — Como é que você me faz uma coisa dessas?

— Da próxima vez, mais cuidado — falei também, alto para que os outros ouvissem, tentando me dominar. Tirei do bolso a carteira: — Quanto é?

Paguei os sabonetes e saímos. Era extraordinário, mas nem por um instante Isabel se deixara perturbar. E agora ia à minha frente como se nada houvesse acontecido, com toda a segurança, cabeça erguida, os cabelos sobre os ombros cadenciando os passos, o movimento firme dos quadris. Era uma nova Isabel, acima do comércio do mundo e das suas leis. Entre o dedo que acusa e o sobressalto do coração, impunha respeito com a sua simples presença e depois saía como havia entrado, serena, absoluta, ela na frente, eu atrás. Senhorita, senhora, senhorita. Então percebi que ela sempre haveria de ir na frente, e eu atrás.

2

Conheci Isabel no jornal. Eu estava na minha mesa escrevendo à máquina quando ela surgiu diante de mim e perguntou onde ficava a seção de anúncios. Os jornais ainda não haviam se transformado em grandes empresas, como hoje. Os anúncios eram recebidos num guichê junto à própria redação, até seis horas da tarde, quando a janelinha se fechava e o funcionário encarregado ganhava a rua, tripudiando sobre os redatores que chegavam para o trabalho. E já passava de oito da noite.

— Está fechada. Agora só amanhã.

— Não posso deixar com você?

Observei-a com interesse. Lamentei que fosse loura: para alguém como eu, nascido e criado na província, as louras pareciam inatingíveis. Prefeririria também que não ficasse tão séria à espera de minha resposta, mas que mostrasse ao menos um sorriso:

— Poder, pode. Só que não dá mais para sair amanhã.

Sua mão deslizou como um animalzinho sobre os papéis na mesa, apanhou um:

— Posso?

— Ainda não redigiu?

— Não. O senhor tem uma caneta?

Desta vez me chamou de senhor. De fato, eu devia estar com um ar estúpido de senhor, olhando-a e ao mesmo tempo absorto no meu trabalho.

— Uma caneta — ela insistiu.

Retirei mecanicamente do bolso a caneta, passei a ela e voltei à máquina. Mas as palavras me faltavam: a interrupção tinha sido fatal. Então abandonei o trabalho, inclinei para trás a cadeira e fiquei a observar a moça.

Ela escrevia mordendo o lábio inferior e, curvada sobre a mesa, deixava à mostra com naturalidade o princípio dos seios.

— Pronto — falou, me passando o papel.

Li rapidamente o anúncio, escrito numa letra firme e gigantesca. Dizia de um quarto para alugar numa casa de família em Ipanema, a estudante ou senhor só — pedia referências.

Quando ergui a cabeça, não a vi mais — ela se fora, silenciosa como viera. Não havia pago o anúncio e, pior, esquecera de me devolver a caneta. Era uma caneta-tinteiro, das que se usavam na época; podia não ser das mais valiosas, mas tinha pena dourada, escrevia macio e não vazava tinta.

No dia seguinte pedi na publicidade que me avisassem quando a moça viesse pagar o anúncio.

— Manda para a oficina assim mesmo?

— Manda. Ela ainda aparece.

Não apareceu. Tive de fazer um vale por causa do anúncio. Esta foi a razão que me fez acordar mais cedo na manhã seguinte e tomar um ônibus a caminho de Ipanema, conferindo o endereço já no jornal. Ia pelo anúncio e pela caneta — mas pensava era na moça, nos seus cabelos louros.

A vista do mar me fez bem. A beleza da manhã me deixava bem-humorado e feliz. Achei logo a casa — era mínima, dessas que mais tarde acabariam espremidas entre dois prédios ou engolidas de todo por uma incorporação. Reparei no jardinzinho à entrada: embora maltratado, sempre era um jardim. Enquanto aguardava, observei que o edifício em construção ao lado não devassaria a casa nem lhe tiraria a luz.

— Bom dia.

Pela porta entreaberta pude apenas distinguir um vulto lá dentro.

— Este anúncio... — comecei, exibindo o jornal.

— Entre, por favor.

Entrei, constrangido; preferia liquidar o assunto ali fora mesmo. Reconheci a moça do anúncio. Naquele ambiente, de vestido caseiro e cabelos presos, me pareceu menos jovem e atraente.

— O senhor é o segundo que vem. Fica lá em cima, vamos subir?

Subi na frente — talvez tenha sido a única vez na vida que passei à frente de Isabel. Ela não me tinha reconhecido. Eu não via como lhe pedir de volta a caneta, reclamar o pagamento do anúncio. Seria melhor resolver logo, ali na escada. Desfazer o equívoco, antes que eu acabasse me interessando pelo quarto.

Foi o que aconteceu, como se podia prever:

— É um quarto espaçoso, o senhor está vendo — dizia ela: — A mobília não é de luxo, mas é confortável.

A cama me pareceu excelente.

— Moramos no primeiro andar, mamãe e eu. Este quarto de cima era o dela, mas infelizmente ela já não está podendo muito subir e descer a escada.

— Sei..

Eu olhava automaticamente cada um dos detalhes que ela ia apontando. Experimentei as molas da cama, confirmando a minha primeira impressão. Melhor do que a da pensão onde eu morava. Por que o outro não teria alugado?

— Qual é mesmo o aluguel?

O preço me convinha: pouco mais do que eu pagava na pensão, valia pelo menos o dobro. E ficava em Ipanema, perto do mar. Dependia de saber que espécie de senhoria era a velha.

— A sua mãe...

— Ela agora está repousando. Depois o senhor conversa com ela, se estiver interessado. Eu apenas estou mostrando o quarto. É estudante?

— Não, sou senhor só — respondi, em linguagem de anúncio.

Agora eu temia que ela se lembrasse de mim. Desisti de falar no pagamento do anúncio e na caneta. A perspectiva animadora daquela ligeira mudança de vida, sem que houvesse pensado nisso antes, já era uma compensação.

3

A mudança não foi ligeira: foi completa. Naquela semana mesmo me transferi para a nova moradia, e creio que se pode compreender por que pouco tempo depois ficava noivo de Isabel, desde que de início já admitia estar apaixonado. O namoro na sala ameaçava passar ao quarto, cujo aluguel eu praticamente nem pagava mais. A tolerância de Dona Brígida, a mãe, fingindo não ver ou realmente não vendo nossas carícias, enquanto tricotava a um canto, era quase uma sugestão para que Isabel desse este mau passo, como se dizia então. Facilmente a enganaríamos: já estava meio surda e mal se aguentava consigo mesma. Mas a filha não queria: fazia questão de se casar primeiro, para contentar a velha.

Não nego que algumas coisas me incomodavam em Isabel. Seu hábito de fumar, por exemplo. Sempre tive certa implicância contra mulheres que fumam: quando as beijava, me davam a desconcertante sensação de estar beijando um homem. Mas não haveria de ser o cheiro de cigarro que apagaria em mim o encanto de Isabel. O que me irritava mesmo era a sua mania de fumar os meus. E somente no ônibus, a caminho da redação, é que eu descobria com raiva que ela havia ficado com o maço.

De volta para casa, porém, já tinha comprado outro e esquecido a irritação. Tudo que sentia era saudade da sua presença. Chegava tarde da noite, encontrava a casa às escuras. Era obrigado a atravessar silenciosamente a sala e subir para o quarto, resistindo à tentação de bater à sua porta sob o pretexto de saber se por acaso ela ainda estaria acordada.

Às vezes não subia logo. De tão excitado, fazia algum ruído, tossia alto, arrastava uma cadeira, na esperança de que ela realmente acordasse e abrisse a porta, o que infelizmente nunca acontecia. O coração disparado, acabava indo para a varandinha dos fundos, onde ficava a fumar, olhando os edifícios ao redor. Por trás deles, ouvia-se o ruído do mar, mais forte durante a noite. O vento balançava as roupas dependuradas no cordão da varanda. No interior daquela casa dormia a mulher que eu amava, aquelas paredes a resguardavam de meu desejo. Mas eu podia sentir sua presença em cada canto, cada objeto. A cadeira de vime em que costumava se sentar. A toalha, ainda úmida, com que se enxugara depois do banho. As peças de roupa, que me evocavam o seu corpo. Muitas vezes eu atirava longe o último cigarro e ia dormir quando o céu começava a clarear.

Por essa época, um desagradável incidente veio um dia perturbar a paz dos moradores daquela casa.

Sempre deixei aberta a porta do quarto, para que a empregada pudesse arrumá-lo. Um domingo, antes de sair para um passeio com Isabel, precisei de abrir a minha mala, apenas parcialmente esvaziada: por relaxamento ou incerteza quanto ao futuro, ainda guardava ali objetos de pouco uso. E dei por falta de um par de abotoaduras, lembrança de meu pai quando me mudei para o Rio. Dizia ele tê-las herdado de meu avô. E eram de ouro, valiam dinheiro. Eu sempre contara com elas para um momento de aperto.

O BOM LADRÃO

Fiquei na dúvida se falava ou não com Isabel. Era evidente que alguém havia mexido na mala — mas eu não queria insinuar falta de cuidado dela ou da mãe para com as minhas coisas. Por outro lado, a empregada, que certamente era a culpada do furto, continuaria impune. E minhas abotoaduras continuariam desaparecidas.

Acabei lhe perguntando, naquela mesma tarde:

— Vocês têm essa empregada há muito tempo?

— Mais ou menos. Por quê?

— É que hoje não encontrei na mala as minhas abotoaduras.

— Acha que ela tirou?

— Não quero fazer mau juízo. Mas dá para desconfiar.

— Você mesmo não pode ter perdido?

— Como? Nunca uso abotoadura!

— Quem sabe procurando bem...

— Já procurei. O melhor é esquecer isso.

— Não senhor. Vamos apurar. Senão a gente não pode mais ter sossego em casa, sabendo que estão sumindo coisas.

Essa conversa foi durante o nosso passeio. Tínhamos ido ao Jardim Botânico, e em vez de um banco acolhedor à sombra de uma grande árvore, como eu havia imaginado, fizemos apenas uma rápida e inquieta caminhada, e ela pediu que voltássemos.

Em casa, contou o caso à mãe. Depois de muitas considerações sobre honra — com honestidade não se brinca! — Dona Brígida concordou com a filha: devia ser apurado. Ficou resolvido, numa atmosfera de segredo, que chamaríamos a empregada e eu mesmo a interpelaria.

Concordei, contrariado. Não tinha muito jeito para essas coisas. Uma vez houve um furto no colégio, eu estava entre os suspeitos, acabei assumindo a culpa que não tinha. E se acabássemos forçando a empregada a se culpar? Não tinha sentido perguntar à mulher sem mais nem menos se havia furtado um par de abotoaduras.

Em vez de interrogar a empregada, propus então deixar a mala aberta e observar se alguma coisa mais desaparecia, depois que ela arrumasse o quarto. Dona Brígida tinha ideia melhor: eu esqueceria dinheiro no bolso de uma roupa para lavar. A ideia não me agradava — com dinheiro também não se brinca —, mas fiz como ficou combinado. E o dinheiro foi devolvido pela empregada.

Dei o caso por encerrado e não se falou mais nas abotoaduras do meu avô. Pouco tempo depois a empregada foi embora por sua vontade. Arranjou-se outra. E o que era mistério continuou mistério. Valeu-me para demonstrar que Isabel me queria bem, zelava pelas minhas coisas, tinha interesse por mim. Desses interesses cuja falta faz de um homem um marido e de um marido um infeliz.

4

Eu ainda não tinha me casado e comecei a perceber que circulavam na redação certos rumores sobre Isabel. O Norberto, da seção de polícia, dizia tê-la conhecido anos antes. Outro afirmava que a irmã havia sido sua colega no colégio. Outro ainda garantia também que a conhecia, foram vizinhos quando ela morava no Grajaú:

— Você nem queira saber.
— Saber o quê?
— Nada...
— Mas se ela nunca morou no Grajaú! — eu alegava, como se a defendesse de alguma acusação: — Morou foi em Vila Isabel.
— Que até ganhou o nome dela — pilheriava o Norberto, cheio de segundas intenções.
— Quer saber de uma coisa? — me falou uma noite o Duval, um poeta que costumava aparecer na redação e me arrastava para o bar: — Se fosse você, eu não me casava com essa mulher.

Meu primeiro impulso foi reagir contra o atrevimento, mas me contive:

— Por quê? — limitei-me a perguntar, fingindo naturalidade.

— Ah, isso é com você.

Tentei refletir, não me ocorria reflexão alguma.

— Eu também não me casaria com a sua mulher, e no entanto você se casou.

Em vez de se ofender, ele tentou um sorriso:

— Quem sabe é por isso que estou lhe falando.

Resolvi não admitir que tocassem mais no assunto. Mas a perspectiva de casar me assustava; a ideia de constituir família, levar uma vida sujeita a deveres conjugais, como já disse, jamais me havia passado pela cabeça. Talvez fosse melhor desistir enquanto era tempo. Tivesse Isabel acedido em subir ao meu quarto, estaria tudo resolvido. Pensei em esquecê-la, deixá-la em casa com a mãe. Cheguei a pensar em voltar para Minas.

Não fiz nada disso e fui mesmo forçado a antecipar o casamento. Depois do sumiço das abotoaduras, esvaziei a mala e arrumei minhas coisas. Sabia que iria morar ali em definitivo. Logo sobreveio a morte de Dona Brígida, o que precipitou minha decisão, como se eu cumprisse uma espécie de vaticínio: mais do que a senhoria, havia perdido a futura sogra.

Casado, meus temores não se confirmaram. É verdade que eu não podia mais ficar no bar depois da redação. Acabava o trabalho e saía correndo para pegar o último ônibus. Às vezes chegava bem tarde, havia o que fazer no jornal: minhas atribuições tinham aumentado, para que me aumentassem o ordenado. Mas Isabel estava sempre à minha espera, qualquer que fosse a hora que eu chegasse. Fora-se o tempo em que eu ficava a circular como um fantasma pela casa às escuras, ou a fumar na varanda dos fundos, atormentado de desejo noite adentro, até que o sono viesse. Agora dormíamos nos braços um do outro.

E assim fomos vivendo — quando dei por mim, completávamos um ano de casados. Embora certas reações de minha mulher às vezes me surpreendessem, nada faria prever a série de fatos estranhos que acabariam por comprometer as nossas relações.

No aniversário de casamento, a pedido seu, levei-a para jantar em Copacabana. O restaurante que ela própria escolheu, bem acima de minhas posses, passava por ser dos mais finos da cidade. Pálidos garçons deslizavam entre as mesas como peixes no aquário. O ambiente tinha mesmo qualquer coisa de submarino; a luz punha sombras esverdeadas no rosto dos fregueses, espalhados ao redor como nenúfares. O *maître*, um robalo amável de casaca, nos conduziu com reverências até a mesa ao canto e sugeriu com voz úmida uma lagosta especial.

Ao fim da lagosta, acompanhada do competente alicate, cuja utilidade só mais tarde descobri, veio a sobremesa, uma gelatina trêmula que superava em rebeldia as habilidades de quem foi criado no interior de Minas com melado e cará. Seguiu-se o café, acompanhado de uma conta catastrófica.

Apesar de preocupado em determinar o montante da gorjeta, pude ver como começou aquilo que viria a estragar a nossa noite. Ao olhar Isabel, percebi de relance que ela fazia desaparecer dentro da bolsa a colherinha de prata do café. O garçom estava de costas, mas tive medo de que alguém mais pudesse ter visto.

— Isabel — sussurrei: — O garçom vai dar por falta.

Ela tentou disfarçar, fazendo-se de desentendida:
— O quê?

— O garçom — insisti, olhando para os lados, preocupado: — Não brinque, Isabel. Ele acaba descobrindo.

— Descobrindo o quê?

Não pude deixar de sorrir. Era adorável aquele ar de menina, na mulher segura de si:

— Nada. É só não levar a xícara ou o açucareiro.

O tom de sua voz agora era outro:

— Então não posso levar uma recordação do restaurante?

Esse novo aspecto da questão não me tinha ocorrido:

— Pode. Mas acho que é melhor pedir primeiro.

Cheguei a pensar se não seria o caso de levar então um cinzeiro, mais apropriado como recordação, pois tinha gravado nele o nome do lugar. Preferi não contrariá-la e me dispus a satisfazer o seu capricho:

— Me dá aqui.

Olhos baixos, ela me atendeu, passando-me a colherinha. Ordenei ao garçom que chamasse o *maître*. Logo o robalo se aproximou, luzidio, curvou-se com solicitude. Não fez a menor objeção: disse que se sentia honrado em satisfazer a vontade da senhorita.

— Senhora — corrigi.

Saímos e tomamos um táxi. Silenciosa, a cabeça recostada, Isabel olhava a praia. Sua atitude me desconcertava. Eu tinha faltado ao trabalho, havíamos combinado comemorar aquela data jantando fora e terminando a noite numa boate. Em vez disso, assim que deixamos o restaurante, ela pediu que a levasse para casa, alegando cansaço. Enquanto o táxi corria, eu a observava discretamente. Era evidente que ela se aborrecera. Continuava recostada, como adormecida, mas de olhos abertos e imóveis.

— Deixe ver — falou afinal, e estendeu a mão sem me olhar.

Tirei do bolso a colherinha e lhe entreguei. Então ela fez o que eu menos esperava: inclinou-se para a frente, baixou o vidro e atirou-a longe. A colherinha rolou no asfalto, retinindo.

Calado, aceitei passivamente o inexplicável. Não ousei trocar com ela uma só palavra sobre a nossa noite malograda. Continuei respeitando sua alegação de não estar se sentindo bem, que a levou para a cama assim que chegamos. Nem me beijou, como sempre, antes de se recolher.

De pijama, na sala, eu ruminava o meu despeito. Procurava uma explicação para o fracasso daquela noite e só encontrava esta: a de me ter adiantado ao desejo de Isabel. Podia muito bem fingir que não vira e deixar que ela trouxesse para casa a colherinha, como recordação. Ao ostentar desenvoltura para conseguir as coisas, eu não percebia que assim eliminava a razão que as fazia desejadas. Envaidecido com a consideração do *maître*, que a conta apresentada tão bem justificava, ali estava o que havia conseguido: que ela atirasse fora a colherinha e agora fosse dormir, me deixando na sala com a minha frustração.

Ao fim de algum tempo, cheguei à primeira conclusão sensata: não se deve negar à mulher o prazer de furtar uma colherinha.

5

Isabel me desconcertava cada vez mais. Sua admiração pelo Garcia, por exemplo, era coisa que eu não conseguia compreender.

Esse Garcia era um parente de Dona Brígida que foi nosso hóspede durante alguns dias. Isabel o punha nas nuvens. Eu discordava:

— A mim parece não passar de um perfeito idiota.

— Não fale assim. Ele é primo da mamãe.

Era um homem de seus quarenta anos, bem-apessoado, olhos claros, bigode grisalho e voz macia. De que vivia ele? De negócios — informava, evasivo, quando interpelado. Que espécie de negócios, nunca cheguei a saber. Nós o acolhemos enquanto aguardava lugar num hotel, segundo dizia. Mas o primo de Dona Brígida não interpretava bem nossa hospitalidade:

— Sinto-me aqui como se estivesse na minha casa. Por mim, não sairia mais.

Isabel ria, como se tudo que ele dizia fosse irresistivelmente engraçado. Aquilo me irritava.

— Você não o conhece — ela se defendia: — Não imagina de que ele é capaz.

Eu imaginava.

O nosso hóspede se dava ao jogo de cartas, truques de mágica e pequenas distrações. Em vez de me distrair, suas habilidades me aborreciam, eu acabava indo mais cedo para o jornal. Mas na prestidigitação tinha de reconhecer que ele era excelente. Fazia desaparecer tudo que lhe caía nas mãos. E o objeto vinha parar no meu bolso, sem que eu pudesse entender como. Assim aconteceu com um ovo, por exemplo, que, na pressa em retirar, acabei espatifando dentro do paletó.

— Muito engraçado — resmunguei, Isabel às gargalhadas.

— Aprendi esta com um mágico na Espanha.

E passava a contar casos da Guerra Civil:

— Uma vez tive oportunidade de atirar no próprio Franco. Não sei o que foi que me deu que acabei não atirando. Na certa eu também teria morrido.

— Você lutou na Espanha? — e Isabel o olhava, fascinada: — Dessa eu não sabia.

— Que remédio? Estava lá na ocasião. A maneira mais fácil de fugir foi entrar na luta.

Era a modéstia em pessoa. Mais tarde Isabel comentaria:

— O que me encanta nele é a simplicidade. Viu como contou que lutou na Espanha?

— Vi.

— Sabia que ele foi condecorado lá?

— Sabia.

— E que ele já esteve até na China?

— Sabia.

— Você não acha formidável ele já ter feito tanta coisa?

Eu acabava estourando:

— Fez coisa nenhuma: nem aqui nem na China. Sou capaz de apostar que esse palhaço nunca pôs os pés fora do Brasil. Cabotino de primeira, é o que ele é.

— Já disse que não gosto que você fale dele assim.

E nos indispúnhamos por causa do herói.

A última das nossas desavenças o pôs para fora de casa. Não foi por causa de sua luta na Espanha, nem pelo fato de estar usando minhas camisas, ou pelo hábito de encomendar no armazém vinhos caros que eu tinha de pagar. A causa foi a sua qualidade de prestidigitador, que tanto entusiasmava Isabel.

Uma noite, voltando mais cedo do jornal, encontrei os dois sentados no sofá, o que de vez em quando acontecia, e que de saída já me irritava. Mas aconteceu que naquela vez percebi que trocavam olhares misteriosos ante minha chegada. Se não fosse a vontade de rir que Isabel mal continha, certamente minha desconfiança teria sido mais grave. Parecia que estavam rindo de mim — e mais tarde verifiquei que de fato estavam.

Quando me viu, Garcia se levantou e veio me dar um abraço sem qualquer propósito:

— Como é? Que há de novo?

De novo era aquela efusão, diante da frieza com que eu o tratava. Desvencilhei-me de seu abraço. Devia ser alguma de suas brincadeiras, que haviam se tornado frequentes entre os dois. Voltou logo a sentar-se. Notei de relance o olhar conivente que dirigiu a Isabel, cujo sentido só mais tarde, no quarto, acabei compreendendo: minha carteira tinha sumido do bolso do paletó.

Voltei à sala, pouco propenso a achar graça:

— Onde está a carteira?

Os dois se entreolharam, espantados:

— Que carteira?

A ideia de estar passando por idiota me exasperava:

— Brincadeira tem hora. Vamos, a minha carteira.

Isabel se ergueu, veio até mim:

— Você é que não estará brincando? Não sei de carteira nenhuma.

— Eu muito menos — secundou o Garcia.

Por um instante temi haver perdido a carteira na rua. Mas era evidente que não: pois se percebera todo o jogo!

— Vamos. Não estou gostando disso. Posso me aborrecer. Com dinheiro não se brinca.

O BOM LADRÃO

Eles insistiam em passar por inocentes. A cumplicidade de Isabel me indignava:

— Bem, vocês têm de acabar entregando mesmo.

Voltei para o quarto. Esperava que minha indiferença lhes tirasse a graça, mas a veemência de Isabel ao pedir explicações, enquanto eu me afastava sem lhe dar ouvidos, quase me pareceu sincera. Pouco depois ouvi que ela me chamava. Fui até a escada, ela gritou lá de baixo:

— Olha aqui a sua carteira, venha ver só onde estava!

Desci, e encontrei Isabel apontando para o chão, perto da porta. Garcia se limitava a me olhar, compenetrado. A carteira estava ali, caída junto à entrada.

— Com certeza foi quando você tirou a capa.

De fato, eu chegara da rua com a capa, embora já não estivesse chovendo. Sim, podia ser. Mas e o abraço, os olhares e tudo mais? Não me enganavam assim tão facilmente. Apanhei a carteira, conferi o dinheiro.

— Tudo bem. Só que estão faltando mil cruzeiros.

Agora a brincadeira excedia a todos os limites. Mil cruzeiros era dinheiro naquele tempo. Levei Isabel para o quarto, sem dar maior atenção ao Garcia:

— Fale com esse pândego para devolver o meu dinheiro.

— Você ficou maluco? Juro que não houve nada do que está pensando.

— Como não houve? E o dinheiro?

— Você perdeu, ou alguém mais tirou. É lógico que não íamos fazer uma brincadeira dessas.

— Se não iam, e aqueles olhares?

— Que olhares?

— Ora, Isabel, você está pensando que sou imbecil? Então não reparei que vocês estavam com cara de riso quando cheguei?

Pelo seu ar magoado, via-se que eu cometia uma das minhas injustiças. Com voz ressentida, ela explicou:

— Ríamos porque apostamos que você ia chegar, parar na porta, tirar a capa e perguntar: "Demorei muito, meu bem?" Foi exatamente o que você fez. E depois veio com essa história de carteira.

Tudo muito bem explicado, menos a falta do dinheiro. Eu não me conformava:

— E os mil cruzeiros?

— Vai ver que você mesmo gastou por aí e nem se lembra.

Como se isso fosse possível: eu mesmo gastar e não me lembrar. Pelo sim, pelo não, resolvi não admitir mais o primo de Dona Brígida na nossa casa. No dia seguinte comuniquei a Isabel esta resolução. Para minha surpresa, ela não fez nenhuma objeção, concordou em silêncio. Que desculpa deu ao Garcia, não fiz a menor questão de saber. O certo é que ele se foi, sem sequer se despedir de mim.

6

A partir de então Isabel deu para sair quase todos os dias. Eu achava natural que ela, durante a minha ausência, sozinha o dia todo, procurasse compensar num cinema ou num passeio a distração que o primo de Dona Brígida já não lhe proporcionava. Não tinha amigas, nem mesmo mantinha relações com alguma companheira do tempo de colégio em Vila Isabel — ou no Grajaú, eu não sabia mais.

Ainda assim, foi com surpresa que a encontrei aquela tarde numa livraria da cidade. Ao que me constava, ela não tinha o hábito de ler. Eu é que, de raro em raro, passava pelas livrarias para ver as novidades, e isso era tudo que restava de uma ligeira veleidade literária da juventude. Naquele dia eu fora para a cidade mais cedo, e estava fazendo hora na rua até o momento de ir para o jornal.

Quando me aproximei, vi que ela ocultava um livro sob o casaco dependurado no braço, enquanto fingia olhar a estante. Dando comigo a seu lado, assustou-se:

— Como é que você sabia que eu estava aqui?
— Não sabia. Entrei por acaso.

Ela havia recuperado a calma:

— Podemos voltar juntos.

Não cheguei a responder: um vendedor se aproximava para me atender, eu temia que ele também tivesse visto.

— Às suas ordens.

Aflito, procurei esconder Isabel de seus olhos, distraí-lo:

— Um livro... Não me lembro do nome. Um autor francês.

Só pensava em desviar a atenção do homem, para que Isabel se desvencilhasse do livro:

— Um... um dicionário.
— Francês?
— Isso mesmo, francês.
— Temos o *Petit Larousse.*
— É o que eu tenho, digo, é o que eu procuro.

O vendedor foi buscar o dicionário. Voltei-me discretamente para Isabel:

— Aproveite agora — sussurrei: — Largue o livro, que ele já viu.
— Que livro?

Ora, meu Deus, que livro! O homem já voltava:

O BOM LADRÃO

— É o último exemplar — e me exibiu o dicionário, começando a embrulhá-lo. Ele fora mais esperto, eu não tinha como evitar a compra:

— Quanto é?

Engoli em seco quando ele me disse o preço. Pagar um dinheirão por uma obra que eu tinha em casa, jamais consultada. Pensei ainda na possibilidade de trocá-la por outra, já que ia comprar mesmo, mas era tarde: o vendedor me estendia o embrulho. Paguei, e tomei Isabel pelo braço:

— Vamos embora.

Ela tivera tempo suficiente para se desfazer do livro. Somente depois de nos afastarmos da livraria reparei que o trazia ainda sob o casaco, na mesma posição.

— Deixe ver esse livro — falei apenas.

Ela me olhou, espantada com o tom incisivo de minha voz.

— Esse livro debaixo do seu braço — insisti.

Isabel me estendeu o livro com naturalidade. Ao ler o título, estaquei, surpreendido: logo *O primo Basílio*, ela que não se interessava por literatura?

— Presente de aniversário para um parente meu — explicou, como se considerasse a coisa mais natural do mundo levar um livro sem pagar, desde que fosse presente de aniversário para um parente.

— Não me diga que é para o seu primo Garcia.

Ela não percebeu a ironia:

— Não é, mas quase. É para um estudante de letras, afilhado de mamãe. E que vem a ser sobrinho do Garcia.

— O fato de ser estudante de letras, afilhado de sua mãe e sobrinho do Garcia, não justifica fazer o que você fez.

— Fazer o quê? Comprar um presente para ele?

— Você *comprou* esse livro?

— Não: furtei — respondeu ela, irônica por sua vez: — Você também não comprou um?

— Comprei e paguei.

— Eu também, ora essa.

Pelo que entendi, ela queria dizer que já tinha pago o livro quando cheguei à livraria. Presente de aniversário — nem ao menos mandara que embrulhassem! Não me parecia convincente, mas deixei passar. Só não conseguia engolir o tal estudante:

— Quem é ele, afinal?

— Já disse: afilhado de mamãe, você não conhece. É moço ainda, quase um menino.

— Não deve ser tão menino assim, para ler Eça de Queirós. Ainda mais esse romance.

— Está com ciúme? — e ela sorriu, faceira, deslizando o dedo pelo meu rosto.

Havíamos chegado ao ponto de ônibus. Disse-lhe que não seguiria com ela: iria direto para o jornal, pretendia voltar mais cedo para casa. E nos despedimos com um rápido beijo.

Naquela noite Isabel, carinhosa, parecia agradecida por um favor especial que eu lhe tivesse prestado. Aceitava e retribuía plenamente o meu amor. Um grande amor.

7

Eu já não tinha mais dúvida de que Isabel sentia certa atração por situações ambíguas, arriscando-se a perigosos mal-entendidos. O próprio risco certamente a excitava. Do contrário, como explicar tantos equívocos?

Lembrava-me dos sabonetes na loja da Rua do Ouvidor, quando ainda éramos noivos. E não foi só naquela ocasião: outras se sucederam. Eu vivia apreensivo, com o hábito que Isabel tinha de ir recolhendo nas lojas as coisas que desejava, e guardá-las como se pretendesse sair sem pagar. O curioso é que em geral se tratava de objetos de pequeno valor, não compensavam o perigo a que ela se expunha. Às vezes usava de recursos bem engendrados, eu tinha de reconhecer. Um dia pôs no braço uma pulseira, aos olhos do vendedor, para ver se lhe assentava bem; e tanto conversou e o distraiu, que acabou levando-a consigo, e o homem nem se deu conta. Em casa toquei no assunto, como se achasse perfeitamente natural o que ela fizera. Para minha surpresa, Isabel explicou que tinha sido distração sua — e queria por força voltar para devolver a pulseira, eu é que não deixei. Ela se aborreceu.

Resolvi dali por diante não tomar conhecimento do que se passava. Imperturbável, eu fingia não ver. Imperturbável com relação a ela, bem entendido; com relação a uma possível testemunha, a insegurança me dava calafrios. Se parávamos numa banca de jornais, eu voltava as costas para não ver Isabel folheando distraída uma revista e sair com ela debaixo do braço. Se entrávamos numa loja, eu olhava cautelosamente ao redor, cúmplice atento, a ver se alguém nos observava. Isabel sabia que eu sabia. E eu sabia que ela sabia. Ela pagava com carícias o meu silêncio.

O que mais me admirava era a sua presença de espírito. Eu me sentia no extremo oposto: intimidado, constrangido, ansioso. Sua audácia me assombrava. Era vê-la em alguma festa ou reunião, a olhar fixamente um objeto e começava o meu sobressalto. Ao mesmo tempo, passava a observá-la discretamente, descobria uma sensualidade insuspeitada na sua postura de animal à espreita. Os gestos eram lentos e cautelosos, a respiração se tornava mais intensa. O objeto que seus dedos tocassem ganhava então uma fluidez que o tornava submisso, como se a matéria houvesse se escravizado à sua mão. Os olhos brilhavam — às vezes eu tinha a impressão de que ela bebia mais depressa para poder levar o copo.

Era um espetáculo que eu apenas presenciava, fascinado. Mas o meu alheamento aos poucos foi deixando de representar para ela uma silenciosa conivência, já não parecia me engrandecer aos seus olhos. A sensação era de que ela começava a me desprezar por causa disso. Ainda assim, eu não tinha coragem de falar nada.

De tanto silêncio, passamos a silenciar sobre outras coisas, nossa relação foi ficando diferente. Já não tínhamos aqueles momentos de tranquila convivência, à noite, quando eu voltava mais cedo do jornal e nos sentávamos de mãos dadas na varanda dos fundos, para pôr em dia a nossa vida, escutando o ruído do mar. As nossas noites agora eram monótonas e feitas de tédio. Eu já não vinha cedo para casa. Ficava no bar com algum conhecido, ou mesmo sozinho, porque Isabel deixara de me esperar. Não raro acabava dormindo no quarto de baixo para não incomodá-la. Almoçávamos em horas diferentes. Distante ia o nosso tempo de noivado, em que ela vinha me tirar da cama para o almoço, aos beijos, longe dos olhos da mãe. Tudo considerado, aquele tempo fora mesmo o mais feliz.

Lembrava-me das insinuações dos colegas de jornal contra o meu casamento, das palavras do Duval uma noite no bar: eu se fosse você não me casava com essa mulher. Por que dissera aquilo? Acaso a conhecera antes, ou outra mulher assim? O tempo havia passado, Duval sumira por aí com os seus ressentimentos, e eu continuava assistindo à erosão da minha vida, sem que pudesse fazer nada. Muito menos compreender Isabel.

Até que um dia resolvi imitá-la.

8

Entrei na livraria aparentando naturalidade. Uma vaga sensação de prazer nascia do próprio medo. Tinha a um tempo a consciência do perigo que ia correr e a certeza da minha superioridade: eu sabia tudo e eles não sabiam nada. Eu comandava. Aquele prazer que, no meu tempo de menino, me fazia optar pelo papel do bandido e não do detetive.

Examinei com cuidado a situação. O vendedor mais próximo atendia um freguês. Ao fundo, outro vendedor descia a escada encostada à estante, carregando uma pilha de livros. Por capricho, procurei nas prateleiras um exemplar de *O primo Basílio*. Não encontrei. Por que não *Madame Bovary*, logo de uma vez? Acabei me decidindo pela prata da casa: uma edição de luxo de *Dom Casmurro*.

Lentos, meus dedos tocaram o volume e o retiraram com cuidado da prateleira. Um vendedor, a meu lado, procurava um livro na estante. Pus-me a folhear o meu, atento aos menores movimentos do homem. Ele se afastou sem me olhar.

A segunda parte do meu plano foi executado numa oportunidade que eu não havia previsto: o vendedor na escada deixou cair com estrépito alguns volumes que carregava. Todos os olhares convergiam para ele, durante um segundo — segundo de que me aproveitei para enfiar o livro entre as folhas do jornal que trazia debaixo do braço. Apanhei outro na estante e comecei a examiná-lo.

Talvez fosse o caso de comprar este outro, para disfarçar. Era *Crime e castigo* — que, aliás, eu já havia lido. Dostoievski viria a calhar. Mas vi logo que não seria a mesma coisa: não estaria levando um livro sem pagar, mas simplesmente pagando menos por dois.

Olhei para a porta. Plantado na entrada da livraria, de costas para mim, um vendedor observava a rua. Se eu passasse por ele, nem me veria.

— Deseja algum livro?

Estava descoberto! Foi com esforço que respondi.

— Não, olhando apenas.

Recoloquei com naturalidade na estante o livro que tinha nas mãos. E o outro escondido. Na certa aquele vendedor havia desconfiado. Ficou parado a poucos passos, me olhando. Eu me sentia como se estivesse sendo vigiado. Era melhor largar o livro em qualquer parte e ir-me embora, nunca mais voltar ali. Como tirá-lo de dentro do jornal?

Convencido de que já fora visto, eu não entendia por que não me apanhavam de uma vez. Talvez esperassem que eu fizesse menção de sair, para me pegarem com a boca na botija. Sentia que eles sabiam de tudo, eu é que já não sabia de nada. Apenas aguardavam o momento — invertiam-se os papéis, eu descobria estarrecido que há um momento em que se invertem os papéis. Até o jornal debaixo do braço passara a me denunciar. Apanhado na armadilha que eu mesmo havia montado, eu olhava ao redor, incapaz de qualquer ação.

Aos poucos fui me acalmando. Ninguém me descobrira, que bobagem era aquela, sem mais nem menos? Ali dentro eu era um freguês como outro qualquer. Olhando livros, como outro qualquer.

Arrisquei alguns passos em direção à saída. Dois vendedores conversavam, obstruindo a passagem. Voltar é que eu não podia, ia causar estranheza. Agora tinha de continuar. Minha tentação era deixar o livro sobre o balcão, com jornal e tudo, e sair de uma vez daquele lugar. Vi que os dois vendedores se afastavam do meu caminho. Decidi acabar logo com aquilo: agora ou nunca! Apertei o jornal com o braço e avancei firme para a porta. Alguém me interpelou:

— Quer que embrulhe?

Uma voz delicada, mas segura. Pensei ainda em fingir que não ouvira, não era comigo. Em pânico, tive de me conter para não fugir, largando livro e jornal pelo caminho.

— Não, obrigado. Quanto é?

Minha voz saiu rouca, do fundo da garganta. Só fui entender o que havia acontecido quando conferia atrapalhadamente o troco: o jornal não ocultava de todo o livro, o vendedor com certeza viu e por isso cobrou. Só não dava para saber se percebera a minha intenção, ou se me tomara por distraído. Talvez a seus olhos eu não passasse realmente de um freguês que não queria que embrulhassem.

Saí para a rua derrotado. Cada transeunte parecia uma testemunha do meu vexame. Carregava com humilhação o livro involuntariamente adquirido. Ainda bem que tivera dinheiro suficiente para pagar. Um livro de luxo! Num repente de raiva, me deu vontade de largá-lo na sarjeta, atirá-lo fora. Mas resolvi reler o romance de Machado de Assis, à falta de coisa melhor.

Vem dessa data meu interesse pelo enigma de Capitu.

9

Em casa, não contei nada a Isabel. Mas uma espécie de intuição a fez perguntar assim que me viu, embora ultimamente mal conversássemos:

— Você comprou esse livro?

— Não, furtei. Você se lembra do que comprou para o tal estudante?

Pela primeira vez eu fazia uma alusão direta — não sei se ela entendeu. Isabel já não me entendia, nem eu a ela: era um mistério para mim. Eu não sabia se ela havia mudado, ou se eu é que ia me tornando outro homem.

Até ali, a consciência de minha inferioridade me fazia sofrer. Depois desse caso da livraria, a humilhação do fracasso foi cedendo lugar a um sentimento de satisfação: se fracassei, dessa vez fui eu que agi. Bem ou mal, eu me colocava em plano de igualdade em relação a Isabel: ela também não falhava algumas vezes?

Neste ponto tudo se mistura, não dá para distinguir a verdade entre o que acontecia e o que a imaginação recriava. O certo é que nossa intimidade não se restabelecia mais. A própria intimidade nos trouxera talvez àquela progressiva indiferença. Continuávamos a sair juntos, não fugíamos um do outro. Mas naquele companheirismo displicente, éramos apenas a aceitação resignada da vida em comum. Isabel já nem manifestava ressentimento durante o dia, ou interesse por mim durante a noite. Eu ia tornando cada vez mais frequente o hábito de não subir para o quarto, quando voltava do jornal, dormia no de baixo mesmo. Às vezes pensava até em procurar outra mulher.

Uma noite, voltei para casa mais cedo, decidido a ter com ela uma explicação. Cheguei pouco antes de meia-noite. Subi direto ao quarto, achei que Isabel já estivesse dormindo — acendi a luz, disposto a acordá-la. A cama estava vazia.

A primeira ideia que me ocorreu — ela me abandonara — não se confirmou: não havia levado suas roupas. Tudo estava nos lugares de sempre. Irritado, percorri a casa, acendendo luzes, chamando por ela. Não tinha a mínima ideia de onde poderia ter ido àquela hora. Além do mais chovia, uma chuva miúda, que viera respingando no meu rosto pela janela do ônibus.

Quem sabe teria recebido um chamado urgente? Qualquer motivo importante a fizera sair de casa. Mas se assim fosse, deixaria um bilhete, uma nota explicando.

Procurei esse bilhete com ansiedade. Fui ao telefone, onde ela poderia ter deixado, não encontrei.

Por que não me telefonou avisando que ia sair? Dei busca na sala de jantar, na cozinha, remexi gavetas, desarvorado, já sem saber o que procurava. Olhei no banheiro, pensando encontrá-la desmaiada atrás da cortina do chuveiro. Voltei ao quarto, fiquei tentando adivinhar, diante do guarda-roupa, que vestido ela estaria usando. Como isso de nada adiantasse, passei a desenvolver minhas conjecturas. Escolhia com raiva as palavras com que a interpelaria, quando ela voltasse.

Se voltasse.

Não tinha dúvida de que voltaria. Por que não haveria de voltar? Com certeza fora fazer alguma visita e se atrasara. Talvez mesmo alguma festa de aniversário, de que eu havia me esquecido.

Tudo seria razoável se Isabel tivesse o costume de fazer visitas. Não tinha: jamais saía à noite sem mim, não era amiga íntima de ninguém, não ia a festas, senão raramente, e sempre comigo. Pelo menos que eu soubesse.

Só então pensei que aquela ausência poderia ter ocorrido antes, noutras vezes em que não subi ao voltar da rua. Quem me assegurava que Isabel sempre estivesse lá no quarto? Como poderia afirmar, vendo-a pela manhã, que ela havia passado a noite em casa?

Era preciso decidir qual seria a minha atitude, quando Isabel chegasse. Eu podia sair de novo — mas, com isso, estaria fugindo do confronto. Achei que o melhor seria fingir que dormia, deixar para o dia seguinte. Mas assim eu acabaria não falando nada. Então preferi não falar mesmo — esperar que ela falasse primeiro. Faria de conta que não sabia de nada. Se ela não falasse, então...

Temendo agora que ela chegasse de uma hora para outra, fui me refugiar no quarto de baixo.

10

Não pude dormir. Entre o sono e a vigília, ouvia o ruído da chuva contra a vidraça e o relógio da sala marcando os minutos. Revolvia-me na cama, olhos abertos, o armário se destacando na sombra. O escuro do quarto me sufocava.

Ao fim de uma eternidade, ouvi a porta da rua se abrindo e os passos de Isabel cruzando a sala, subindo os degraus da escada, cautelosos. Meu ímpeto era pular da cama e ir lá fora, agarrá-la pelos ombros, perguntar onde é que ela estava até aquela hora. Ao mesmo tempo sentia vontade de abraçá-la, agradecendo por ter voltado. Tive de me conter, para não denunciar minha presença.

Depois de uma noite insone, o dia já entrando pela janela, acabei caindo num sono agitado e cheio de pesadelos. Ao acordar, não tive coragem de sair da cama: sentia-me intimidado por ter de enfrentar Isabel, como se eu é que lhe devesse explicações. Demorei tanto a me levantar, que ela acabou vindo me chamar para o almoço. Fingi que dormia, o que me valeu mais uma surpresa: Isabel se inclinou sobre mim e beijou-me o rosto, para me acordar. Olhos fechados, tive por um instante a impressão de que voltava ao tempo do nosso noivado. Ela me sacudiu pelo ombro:

— Acorda, seu preguiçoso.

Sentei-me, sem coragem de encará-la:

— Que horas são?

— Adivinhe.

— Não tenho a menor ideia.

— Uma hora.

— Não é possível.

Pulei da cama, fingindo grande urgência: inventei que tinha um encontro na cidade às duas horas.

— Como o de ontem?

— Que é que houve ontem?

Absorvido em me vestir, eu procurava encobrir a minha perturbação. Era como se a culpa fosse toda minha.

— Ontem você me fez uma das suas, só isso.

Queria ver a desculpa que ela iria dar:

— Que é que eu fiz?

— Não ficamos de nos encontrar no jornal depois do concerto para voltarmos juntos?

— Que concerto?

— Ora, que concerto.

Ela foi cuidar do almoço, sem mais explicações, como se o assunto não merecesse maior atenção. Deixei-me ficar, tentando descobrir na cabeça a lembrança de algum concerto.

Já vestido, sentei-me à mesa. Isabel estava na poltrona da sala, de costas para mim, lendo uma revista. Como de costume, já havia almoçado.

— Você ontem foi a algum concerto? — arrisquei.

— Vi logo que você ia esquecer — respondeu ela num tom resignado: — Não prestou a menor atenção quando combinamos. Você mesmo me disse para ir sozinha, que detesta concertos. Passei na redação com aquela chuva toda.

Eu também, debaixo de uma marquise, tinha esperado a chuva melhorar. Mas não me lembrava de nenhum concerto.

— Não me lembro de nenhum concerto.

Absorta na revista, Isabel não deu mostra de haver escutado.

Fui para a cidade, intrigado com alguns pormenores que me pareciam pouco claros. Se não me encontrou no jornal, por que, ao chegar, não verificou se eu já estava em casa? Sentia-se acaso impedida de me acordar, como acontecia comigo quando éramos noivos e ela é que dormia embaixo? Ou contara com a sorte, esperando que sua ausência passasse despercebida?

Decidi não pensar mais no caso, já que não chegaria mesmo a conclusão alguma. Por outro lado, não seria novidade eu me esquecer de alguma coisa combinada com Isabel. Pelo menos era disso que ela sempre me acusava. A não ser que estivesse agora tirando proveito da minha falta de atenção.

Não fiquei tranquilo. Tive de ir a uma entrevista coletiva em substituição a um colega, e verifiquei, de volta à redação, que não conseguia decifrar as notas que havia tomado. Na minha cabeça as questões se misturavam. Ministro, o senhor pode dizer qual é o montante do papel-moeda em circulação? Chegou de madrugada e disse que foi a um concerto. Que concerto costuma terminar às duas e meia da manhã? O que acabaria provocando um sério desequilíbrio orçamentário.

Se Isabel tinha vindo me procurar no jornal, alguém deveria saber. Perguntei ao contínuo pelo Nilo, chefe da redação.

— Embarcou pra Minas. Foi cobrir a visita do Presidente.

O Presidente da República era, assim, o responsável pela minha incerteza, pelas suspeitas que eu não queria formular. Olhava o papel em branco na máquina, pensando no tal concerto. Poderia apurar se tinha havido mesmo esse concerto. O Moura Júnior, da seção de esportes, olhar cínico, me observava de sua mesa. Farejava alguma coisa no ar.

— Que é que você quer com o Nilo?

— Saber se minha mulher esteve aqui ontem à noite.

— Por que você não pergunta a ela...

— E por que você não vai à...

Daqui em diante, a discrição das reticências. Não saberia descrever o que já me ocorria em suspeitas na imaginação à solta. Isabel já não me amava...

11

Não fiquei no jornal. Terminei a entrevista do Ministro e, aproveitando a ausência do chefe de redação, voltei logo para casa. Precisava tirar a limpo aquela história, ver se Isabel teria ido a outro concerto naquela noite.

Estava tão certo de não a encontrar, que foi com alguma decepção que dei com ela na sala, sozinha, entretida com a mesma revista que lia quando saí.

— Você chegou cedo hoje — comentou.

Tive pena dela, ali sozinha, sem ninguém com quem conversar, toda noite metida em casa. Senti vergonha de minhas suspeitas. Censurei-me por deixá-la tão abandonada, nunca sugerir um passeio, como antigamente. E ainda por cima dizer que fosse sozinha, eu detestava concertos. Não podia exigir que ela ficasse acordada até de madrugada à minha espera. Nem ao menos lhe trazia umas revistas de vez em quando, para que não tivesse de reler a mesma o dia todo — e uma que eu havia trazido do barbeiro. Era lógico que a minha falta de atenção é que vinha criando aquele constrangimento entre nós dois. Lógico que ela me amava — basta vê-la como agora, recostada no sofá, revista aberta no colo, a falar "você chegou cedo hoje"... Ser feliz não era tão difícil.

— Vamos sair um pouco? — propus.

Ela ficou indecisa.

— Deixe de preguiça — insisti, puxando-a pelas mãos. — Há tanto tempo que não saímos juntos.

Afinal ela concordou e fomos nos sentar no bar da praia que antes costumávamos frequentar. Deixei-me contaminar pela euforia do lugar, alegre e movimentado naquela noite de verão:

— Lembra o primeiro dia que viemos aqui?

O BOM LADRÃO

Mas estava escrito que aquela noite não seria inteiramente nossa, como eu planejava. Mal tínhamos tomado o primeiro chope, um casal conhecido veio sentar-se à nossa mesa. Ele era um jovem advogado que se dava a estudos sociais e ela uma sergipana com pretensões a jornalista, coisa na época um tanto rara para uma mulher. Nossas relações advinham de um único encontro ali mesmo no bar, algum tempo atrás, quando fomos apresentados por um conhecido comum.

A conversa já ia pontuada por longos silêncios, quando cometi a asneira de perguntar pelo filho do casal. A sergipana estava grávida quando a víramos. Quis mostrar simpatia e me dei mal:

— Pois venham conhecê-lo. Podemos dar um pulo até lá em casa, tomar qualquer coisa melhor. Moramos a duas quadras daqui.

— Não será um pouco tarde? — tentei ainda resistir.

— Vamos, meu bem. Um instante só.

Olhei espantado para Isabel. Mais uma de suas reações inesperadas: nunca fora chegada a crianças, e filhos, até ali pelo menos, não faziam parte de nossas cogitações.

Não tive remédio senão aceitar. E lá fomos nós, conhecer o filho do casal.

Não eram duas quadras, eram quatro. Perdemos o chope e não nos ofereceram nada de melhor, como ela havia sugerido. Nem falaram nisso: mostraram o filho dormindo no berço, um bebê como outro qualquer — e era tudo.

Ao fim de alguns minutos, Isabel, num alheamento ostensivo, andava pela sala, examinando com olhos preguiçosos cada objeto.

— Gosta? — perguntou o dono da casa.

Eu também a observava, inquieto e já de sobreaviso. Ela havia parado diante de um animalzinho de cerâmica, naquela atitude tão minha conhecida: olhava fixamente, e seus dedos já se erguiam, sensitivos, toda ela uma só emoção entre o desejo e o medo. Ao ouvir o dono da casa, baixou bruscamente o braço e procurou disfarçar sua perturbação.

— Lembrança de nossa viagem ao Norte — informou ele. — Interessante, não acha?

— É bonito — e ela voltou a se sentar, desapontada por ter sido surpreendida.

— Se gosta, pode levar: é seu.

— Oh, não, obrigada — Isabel recusou, acanhada.

— Não pense que é gentileza: minha mulher acha que esse cachorro não tem nada de bonito.

— Acho que ele não tem nada é de cachorro — falei, com um sorriso que encerrou o assunto. Ninguém achou graça.

O BOM LADRÃO

Mais alguns minutos, e Isabel se levantou:

— Vamos? Já é tarde.

Na rua, confirmei o que suspeitava — ela havia ficado de mau humor:

— Que ideia mais idiota, essa visita — reclamou, culpando certamente a si mesma. Mas eu sabia bem a causa do seu desapontamento. Exibi-lhe triunfante a cerâmica:

— O seu presente — e sorri, antegozando a sua reação.

Isabel me olhou com espanto. Apontou para o edifício e me intimou com energia:

— Você vai já devolver isso. Que é que parece, fazer uma coisa dessas?

Seus olhos fuzilavam. Era uma Isabel que eu não conhecia, autoritária, nunca havia me falado naquele tom.

— Mas meu bem — eu procurava em vão engolir meu desapontamento: — Você fala como se isso fosse uma ofensa!

— Você acha direito tirar uma coisa que não é sua?

— Não é minha, mas é sua: ele não lhe deu de presente?

— Eu recusei.

— E eu aceitei.

— Então devia ter falado com ele.

Eu evitava olhá-la, arrasado. Procurei tomar coragem:

— Ora, Isabel, você fala como se nunca tivesse feito das suas. Não está lembrada da colherinha no restaurante?

— Você mesmo disse que eu não devia ter feito aquilo. Que é que vão dizer de nós, quando derem por falta?

— Você sempre ligou muito para o que dizem de nós.

— Porque até hoje ninguém disse que você furta.

— Está me chamando de ladrão?

Num acesso de raiva, atirei longe a cerâmica, que se espatifou no meio-fio.

Caminhávamos sem dizer palavra. Era como se eu voltasse sozinho para casa. Isabel seguia a meu lado e até o ruído de seus passos me soava hostil, como se eles nos separassem cada vez mais um do outro.

Ao chegar, abri a porta e ela entrou na frente. Fiquei parado na sala. Ela se deteve no meio da escada:

— Vai dormir aí embaixo? — perguntou, como uma dona de casa diante de simples questão doméstica.

— Vou.

— Até amanhã.

Resisti à tentação de dizer que não, subiria também, não podia passar mais uma noite longe dela. Tentação de abraçá-la, esquecer tudo que havia passado, subir também. Mas alguma coisa me dizia que o meu lugar era embaixo, que eu era apenas uma testemunha, um espectador, o lado passivo do seu mistério.

12

Por essa ocasião voltei a Minas, passei uns dias na casa de meu pai. Ele andava doente, e cada vez mais solitário na sua viuvez. Minha mãe morreu quando nasci, e ele acabou se casando com minha madrinha, que me criou. Ao perder também a segunda mulher, abandonou a carreira de advogado do interior, mandou-me estudar no Rio e, desgostoso, veio terminar seus dias nesta chácara onde hoje termino os meus.

Não colhi dele nessa visita um conselho, um exemplo, uma sugestão de vida. Mais concretamente, colhi apenas o seu relógio de bolso, cuja corrente de ouro foi a tentação da minha infância: como as abotoaduras, ele o recebera de seu pai e certamente o deixaria para mim, não houvesse eu me antecipado, levando-o comigo por distração ao partir.

Ao meu regresso, nada encontrei de promissor. Minha vida se tornava cada vez mais difícil. Em casa,

Isabel e eu quase não nos falávamos. No jornal, já não me olhavam com a mesma confiança. Um dia, quando em meio ao trabalho acendi um cigarro, o Moura Júnior saltou lá de sua mesa e chamou a atenção dos outros:

— Vejam só com quem estava.

Veio para o meu lado:

— E eu procurando o tempo todo!

Seu tom era agressivo. Não me sentia com disposição para discutir. Continuei escrevendo, fingi que não era comigo.

— E então?

— Então o quê? — respondi, erguendo finalmente a cabeça.

— Meu isqueiro — e ele apontou o isqueiro sobre o maço de cigarros ao lado da máquina.

— Este isqueiro é meu — me limitei a afirmar, com segurança, e voltei ao trabalho.

— Ainda por cima diz que é dele.

Limitei-me a olhá-lo com simulada superioridade.

— Não chateia, Moura. Você não tem o que fazer? Se quer que seja seu, pois então é seu, pode levar. Está satisfeito? Leva logo e me deixa trabalhar.

Ele vacilou:

— Bem, já comprei outro. Seu não é não. Mas passa a ser: fique com ele para você.

— Muito obrigado — respondi num tom irônico, de novo a escrever.

Ele se afastou afinal, hesitante, como na dúvida se com aquilo o incidente ficava encerrado. Era um tipo de isqueiro comum naquele tempo, marca Zippo, de níquel, uma chama enorme — funcionava bem, embora não valesse grande coisa.

Não passou disso, mas me aborreceu. Não, eu não ficaria muito tempo trabalhando naquele lugar. A desconfiança cada vez maior, o pessoal já não conversando comigo senão assuntos de serviço, sem a intimidade de antigamente. E o que não deviam falar de mim pelas costas! Suas intrigas acabariam chegando aos ouvidos do diretor.

Não deixei logo o jornal. Era o pretexto que eu tinha para me manter afastado de casa. Mesmo porque precisava arranjar antes outro emprego, para me garantir, talvez numa agência de publicidade. Já não terminava o trabalho mais cedo só para encontrar Isabel acordada, como antes. Quando deixava a redação, fugia do bar e de bêbados como o Duval, com seus poemas e suas insinuações, mas ficava andando pelas ruas em horas mortas, sem ter para onde ir, atormentado com o meu problema.

Qual era afinal o meu problema? Eu mesmo não sabia. Fosse qual fosse, era tão difícil de resolver como sair de um lugar onde nunca entrei. Eu estava cada vez mais distante de Isabel. Sozinho, consciente de minha força, era capaz de agir, de me arriscar. Ao mesmo tempo me sentia frágil diante dessa disposição, perdido entre sentimentos contraditórios, como um novo Raskolnicof. E me via arrastado pela força que descobria em mim, como um ladrão se o objeto roubado é que o carregasse. Mergulhava num mundo de sombras, estalar de móveis, respirações adormecidas, ecos de passos, como se cada um desses ruídos e o próprio silêncio fosse uma ameaça, a iminência do perigo. Caminhava na rua sentindo que de cada canto olhos vigilantes me espreitavam. À noite, acordava e começava no escuro a mexer desordenadamente nos meus guardados, andava sem fazer ruído, apalpava os bolsos da roupa, abria e fechava gavetas, ocultava sob os móveis objetos como se não fossem meus. Uma onda de prazer me percorria o corpo ao tocar um livro, o couro da carteira de dinheiro, uma caixinha de metal — o sexo se excitava como se estivesse tocando o corpo de uma mulher. Uma noite não resisti e me masturbei acariciando a forma fria e arredondada de um vaso. Depois, tomado de pavor, metia-me debaixo dos lençóis e continuava de olhos abertos, sem querer dormir, temendo que os inimigos caíssem sobre mim a qualquer momento. Tornava a me levantar, repunha cada coisa no seu lugar. Apagava as evidências, procurando aflito algum detalhe que pudesse me trair.

Uma noite, a porta se abriu e a claridade invadiu o quarto. Dei com a silhueta de Isabel, o corpo se destacando dentro da camisola, iluminado por trás pela luz da sala:

— Que é que você tem? — ela perguntou.

— Nada — respondi, a voz sufocada, e voltei a me deitar.

— Há várias noites que você está assim, sem dormir. Lá de cima eu ouço você falando.

Eu não sabia que falava sozinho.

— Falando o quê?

— Não sei. No princípio cheguei a achar que houvesse alguém aqui com você.

Era uma ideia que não me tinha ocorrido.

— Ando sem sono, sabe? — tentei explicar. E me virei para o canto, evitando olhá-la. Percebi que ela fechava a porta e se deitava a meu lado. Seu corpo encostou-se ao meu, fui envolvido pelos seus braços.

— Isabel — murmurei, voltando-me para ela.

O quarto escurecera de novo, e agora as sombras rolavam ao redor de nós.

13

Tudo ia acontecendo sem muito nexo. Não havia razão para Isabel e eu passarmos todo aquele tempo separados. Não havia razão para suspeitarem de mim no jornal, e muito menos para aparecer de vez em quando no meu bolso, sem a menor explicação, um objeto que não me pertencia. Tudo mal-entendidos. E por que Isabel voltou para mim naquela noite, de forma tão inesperada?

Passei a nada mais estranhar. Nem mesmo o fato de encontrar um dia as minhas abotoaduras na gaveta da penteadeira de Isabel. Me lembrei daquele domingo, o meu mau humor quando dei pela falta delas. A explicação de Isabel não me convenceu: eu mesmo as teria tirado da mala, ficaram rolando pelo quarto e a empregada acabou jogando na gaveta da penteadeira, como fazia com qualquer broche, grampo ou alfinete encontrado pela casa. Aceitei sem discutir, porque nossa vida ia correndo agora sem maiores incidentes.

Isabel tinha voltado a me esperar. No jornal, eu trabalhava depressa, para poder voltar mais cedo. Domingo íamos à praia e almoçávamos fora, sem horário certo. À noite dávamos uma chegada até o bar de sempre (o advogado e sua sergipana graças a Deus nunca mais apareceram). Voltávamos para casa pacificados pela madrugada. O jornal fizera de Isabel, por extensão, também uma notívaga. Raro o dia em que nos recolhíamos antes das três, quatro horas. Para mim, era quando a noite começava. Não voltei a dormir no segundo andar: Isabel é que não subia mais.

Mas eu notava que alguma coisa nela permanecia intocada. Alguma coisa me escapava — havia na sua entrega algo que não se entregava, nos seus silêncios uma voz que meus ouvidos não apreendiam. Essa impressão era tão forte, que eu a sentia sob meus carinhos como se ela não fosse minha mulher, mas minha amante. E me vinha uma espécie de remorso — eu me sentia traído por mim mesmo.

Como se fosse uma amante — ou pior: uma profissional. Seus beijos eram um simples contato de bocas. Ela não fechava os olhos ao beijar. Um dia me mordeu o lábio, o que me fez dar um grito de dor. Riu e virou-me as costas.

— Por que você fez isso? — reclamei, levando a mão à boca. Estava sangrando.

— Porque sim — respondeu, num tom cínico.

O meu plano de deixar o jornal para ter a noite livre talvez se realizasse. Passava agora o dia numa agência de publicidade. Com a saída de um redator, fui logo promovido. Fiz as contas — ganhava o suficiente para viver.

Ia pensando na rua, uma tarde, no que seria a minha vida quando me livrasse do jornal. Imaginava a alegria de Isabel. Ao chegar à Esplanada do Castelo para tomar o ônibus, dei com ela a poucos passos, conversando com alguém. Aproximei-me — era o Garcia.

— Quanto tempo! — exclamou ele, tentando um tom efusivo: — Acabo de encontrar Isabel, veja só, e logo em seguida me aparece você. Que coincidência! Como vai essa força?

Isabel me olhava em silêncio, na expectativa de minha reação. Puxei-a pela mão sem uma palavra, para pegarmos o ônibus que acabava de chegar. Garcia se despediu:

— Prazer em vê-los. Qualquer dia desses apareço.

Há quanto tempo estariam ali? No ônibus, Isabel se sentou junto à janela, acenou para ele com naturalidade. Lá fora o imbecil acenou de volta, sorrindo, antes de se afastar.

— Posso saber que é que você estava fazendo na cidade?

— Fui ao dentista. Por quê?

— Isabel — eu procurava sufocar a minha raiva: — Não quero que você se encontre com esse tipo.

Ela me olhou com uma segurança que me intimidou:

— *Esse tipo* é meu primo, você se esquece.

O Bom Ladrão

— De sua mãe.

— Dá na mesma.

— Seja de quem for. Não é companhia para você, não merece confiança.

Ficamos calados. O ônibus prosseguia viagem. Isabel olhava para fora como se não me ouvisse.

— Soube de umas histórias dele — inventei. — É um cafajeste, aventureiro, desonesto. Um ladrão.

Esperava que Isabel até me descompusesse pela minha audácia de falar mal do primo de sua mãe. Mas nunca o que ela me disse, encarando-me com olhos tranquilos:

— Você é a última pessoa do mundo que pode chamar alguém de ladrão.

Não sabia o que dizer nem pensar. Dava às suas palavras uma importância que não tinham, não podiam ter.

— Ele estava com uma gravata minha — murmurei ainda, ela não me ouviu.

Não falamos mais nada até em casa. Assim que chegamos, arranjei um pretexto para não jantar e saí de novo.

14

"Agora ou nunca", pensava, a caminho do jornal — como se sair do emprego significasse o fim das minhas aflições. Ideias soltas me acudiam, como "traçar um plano", "dar um grande golpe", "deixar todo mundo pasmo". Mas não cheguei a me avistar com o diretor, nem a apresentar o meu pedido de demissão. Havia ainda pouca gente na redação, o Moura Júnior me esperava com um recado.

— Estiveram te procurando. Polícia. Da DRF.

— Polícia? Por quê?

— Eu que hei de saber?

Afastei-me. Depois do caso do isqueiro, mal conversávamos. Talvez o Norberto soubesse alguma coisa. Resolvi indagar dele, mas tive de esperar mais de meia hora pela sua chegada. Para não dar na vista, fiquei na minha mesa, fingindo que trabalhava.

— Norberto — chamei-o assim que o vi: — Estiveram aqui me procurando. Gente da polícia. Você que entende desse negócio de polícia talvez possa ver para mim de que se trata. Que quer dizer DRF?

— Delegacia de Roubos e Furtos. Estou saindo para lá — e o repórter nele falou mais alto, farejando um caso: — Não quer dar um pulo até lá comigo?

— Fazer o quê?

— Bem, se te procuraram, esse negócio de polícia sempre é bom apurar.

A ideia não me agradava. No regime em que vivíamos, ser jornalista não representava nenhuma garantia — ainda mais um jornalista anônimo feito eu. Mas a experiência dele me venceu. Saímos juntos a caminho da delegacia. Eu ia cheio de preocupação, esperando pelo pior.

Norberto foi entrando, mas a mim fizeram esperar quase uma hora. Quando me dispunha a protestar, amaldiçoando o colega que me deixara ali fora, na sala de espera, vieram me buscar. Um guarda abriu a porta e me indicou o caminho. Vi uma mesa e por trás dela um velho de sorriso manso. Ao lado um escrivão já tomando notas.

— Faça o favor de sentar.

A polidez do homem me apaziguou.

— Às suas ordens — sorri, respeitoso.

Ele também sorria, mas, numa brusca transformação, desfechou com rispidez:

— Onde é que você estava às onze horas da noite de vinte de março?

A pergunta me desnorteou. Levantei-me, irritado:

— Como hei de saber? Já estamos em maio!

Uma violenta pancada na nuca me fez cair sentado na cadeira. Voltei-me para ver o agressor. O velho se dirigiu a ele por cima da minha cabeça:

— Não faça isso, Pitanga. Não é preciso. Ele vai se lembrar. Ele fala.

— Fala o quê? — gritei, mais de medo que de atrevimento: — Que direito ele tem de me bater? Que é que eu fiz? Que estão pretendendo com isso?

O escrivão tomava notas.

— Calma, rapaz, calma — falou o velho, de novo delicado. — Ninguém vai te bater, que bobagem é essa? Só queremos saber onde você foi na noite de vinte de março. Não temos o direito de perguntar?

— E eu de não me lembrar — retruquei.

— Não se lembra de ter ido a um bar da praia?

Eu lamentava o Norberto não aparecer para me tirar daquela situação.

— É possível. Costumo ir lá de vez em quando.

— Com uma senhorita?

— Minha senhora — corrigi.

O velho se surpreendeu:

— Sua senhora?

Como se tivesse mudado de ideia, apertou uma campainha. Fizeram entrar um homem gordo, de óculos, ar de estrangeiro, que me olhava meio ressabiado.

— É esse mesmo?

O recém-chegado sacudiu a cabeça, hesitante:

— Pode ser, mas também pode não ser. Talvez se minha mulher... Me parece mais magro.

O Bom Ladrão

O velho fez um gesto de aborrecimento, consultou o relógio. A um sinal seu, deram saída ao homem. Quem era aquele indivíduo? Agora eu compreendia por que demoraram tanto a me atender: deviam estar à espera da testemunha. Testemunha de quê?

— Bem, você também pode ir. Não há nada contra você.

— Antes isso — meu tom era irônico, mas, como sempre, não perceberam. Minha nuca ainda doía.

— Desculpe o incômodo. Muito agradecido pelas informações.

Que informações? A amabilidade do homem dava para desconfiar. Não viesse o outro me dar novo cachação no pescoço. Antes que eu saísse, o velho me perguntou, como quem não quer nada, se em minha terra eu havia pertencido a alguma agremiação política.

— Não. Pertenci só à agremiação de escoteiros.

Mandaram-me que saísse por outra porta até a rua. De passagem, vi um rapaz sentado num banco, a boca coberta de sangue. Tratei de me afastar a passos rápidos, sem entender nada, a mente confusa, os pensamentos se atropelando. Relembrar alguma noite em que estive no bar da praia era impossível. Aquilo não terminava ali, ainda ia me trazer complicações. Eu que me cuidasse, devia estar sendo vigiado. A lembrança do rapaz com os lábios arrebentados me perseguia. Estariam me envolvendo em algum caso político? Pensei em Isabel e comecei a ver mais claro. Voltei à redação.

— Dr. Sinval já chegou?

Entrei no gabinete do diretor, expliquei que ia deixar o jornal. Para surpresa minha, não fez objeção: concordou com uma boa vontade que me deixou desconcertado.

— Darei ordem ao caixa para lhe pagar hoje mesmo — acrescentou, com uma amabilidade incoerente, pois não faziam pagamentos à noite.

15

Fui direto para casa. Sentada na varanda dos fundos, Isabel mordia a ponta de um lápis, pensativa. Fazia palavras cruzadas num jornal.

— Isabel — chamei-a, emocionado: — Fomos descobertos.

Caí sentado na cadeira de vime, a seu lado. Enxuguei o suor do rosto — viera apressado, quase correndo. As palmas das mãos também estavam suadas. Isabel nem me ouviu. Tirou os olhos do jornal, lápis no ar:

— Escritor russo com cinco letras — perguntou a si mesma.

O BOM LADRÃO

— Tolstoi.

— Cinco letras. Começa com G.

— Gogol.

— Isso mesmo.

Podia também ser Gorki, pensei. Ela escreveu, depois se voltou para mim.

— Que foi que você disse?

Levantei-me, fiquei andando pela varanda. Comecei a falar como um bêbado:

— O fracasso do sexo vem da falta de imaginação. O fracasso da imaginação vem da falta de poesia. A poesia tinha de vir do meu fracasso. Não veio. Onde eu estava na noite de vinte de março?

Na minha cabeça as lembranças se confundiam. Vozes murmuravam segredos, conspiravam contra mim. Bocas se abriam em sorrisos. O sorriso do velho na polícia, do Dr. Sinval, do Garcia, de uma moça que eu tinha visto naquela tarde, na rua. Notei que Isabel agora me observava, preocupada. Dirigi-me a ela, resoluto:

— Você sabe onde estava às onze horas da noite de vinte de março?

Ela deixou de lado o jornal, ergueu-se e se aproximou:

— Você não estará doente? — perguntou, apreensiva.

Estava. Estava doente — só agora eu percebia que aquele suor, aquela exaltação, aqueles calafrios eram a febre. Recostei-me na cadeira, a cabeça zonza.

— Devo estar gripado — admiti.

Isabel cuidou de mim durante a noite, me deu remédio, me fez dormir. Era mais do que gripe: esgotamento nervoso, disse o médico que ela chamou pela manhã. Muita preocupação, trabalhava demais, não dormia, fumava sem parar, precisava de repouso.

— Deram queixa à polícia. Já sabem de tudo — eu dizia a Isabel, nos dias que se seguiram: — Fui chamado lá.

— Sei. Agora descanse. Procure dormir um pouco.

Ela não acreditava. Tratava-me como criança. Uma vez me passou um pito porque joguei fora o remédio. Outra vez se zangou porque me encontrou fora da cama.

— Mas eu já estou bom! — protestei.

— O médico diz que ainda não. Por que você teima? Basta olhar para a sua cara!

Ao terceiro dia não suportei mais. Vesti a roupa sem que ela visse, fiz a barba e ganhei a rua. Era mesmo um dia de convalescença, vento sacudindo as árvores, sol frio num céu opaco, mar de um verde-escuro. Lembrei-me do dia em que vim àquela casa pela primeira vez. Como parecia distante! E como eu era diferente! Não podia responsabilizar ninguém pelo meu destino. Único responsável, eu era também o único que podia mudá-lo. E ia mudar. Sentia-me feliz e completamente são, para mim nunca estivera doente.

Um cãozinho peludo surgiu num portão e começou a me seguir. Prolonguei o passeio só para ver até onde ele me acompanharia. Já perto de casa, tomei-o nos braços, entrei.

— Que eu trouxe para você — falei, ao ver Isabel.

— Meu Deus, onde é que você foi? De onde tirou isso?

— Não tirei: ele me seguiu.

Vi logo que ela não havia gostado do presente, pois o enxotou para a rua.

— Você não devia ter saído.

Procurei convencê-la de que era inadmissível eu ficar preso em casa o dia todo, sentindo-me tão bem. Assim, à tarde tornei a sair, fui ao jornal receber meu ordenado. Trataram-me com a maior reserva. Ao conferir o dinheiro, junto à caixa, notei um excesso de 500 cruzeiros. Idiotas! Queriam me experimentar.

— Olhe aqui: você me deu quinhentos cruzeiros a mais.

Saí, enojado com aquele recurso grosseiro. Lembrava-me do dia em que havia deixado dinheiro no bolso da roupa, por sugestão de Dona Brígida, para experimentar a empregada.

Nem me despedi dos colegas na redação. Em casa, contei pela primeira vez a Isabel que tinha deixado o jornal. Ela não se alegrou tanto quanto eu esperava.

16

Dois dias depois o Garcia apareceu em nossa casa. Estava de partida para a Europa, vinha se despedir.

— Já vai tarde — fui falando: — Boa viagem.

— Irônico, hein? — gracejou ele, fazendo-se íntimo.

— É a mãe.

Ouvi Isabel cochichar-lhe ao ouvido:

— É melhor não mexer com ele não, Garcia.

É melhor mesmo — pensei, furioso, e fui para o quarto. Só não tinha ido antes porque concluí que deixá-los a sós seria pior.

Isabel foi me procurar algum tempo depois. Me encontrou esticado na cama, olhando o teto e fumando.

— Convido o Garcia para jantar?

— Convida. Convida para jantar, para dormir, para viver aqui. Se é o que você quer.

— Não compreendo por que você tem raiva dele. Que mal ele te fez?

Saltei da cama e fiquei andando de um lado para outro, exaltado:

— Raiva? Quem é que tem raiva? Ora, você acha que vou perder tempo em ter raiva de um tipo desses?

— Ciúme, então.

Tentei uma gargalhada de sarcasmo:

— Essa é muito boa: ciúme! Você não me conhece, Isabel.

Tinha parado em frente dela, as mãos nos bolsos, ainda a rir forçado. Ela me ajeitou a gravata, cujo laço eu havia afrouxado:

— Você não sente ciúme de mim?

Vacilei, quase disse que sentia. Seus olhos esperavam, sem se desviar dos meus. A mão passou da gravata para o ombro e ela me abraçou, roçando o corpo em mim. Mais uma vez Isabel me vencia.

— Que pergunta idiota — tentei um resto de raiva, já inteiramente rendido. Ela me beijava a ponta do nariz, quebrando a minha compostura. Abracei-a e nos beijamos.

— Então desça para jantar, seu coisa — Isabel disse afinal, segurando-me o rosto com as mãos: — Não demore não, que ele pode reparar.

Havia-me esquecido do Garcia. Pode reparar! De novo me indignei:

— Não quero jantar.

Ela não me ouviu. Desceu logo, para fazer companhia à visita. Continuei no quarto, emburrado. Eu era um idiota — pensei depois, sentindo fome. Afinal de contas, a casa era minha. O melhor era enfrentá-lo, aturar um pouco a sua presença desfrutável.

Desci. Estavam à mesa, um em frente ao outro. Tive a impressão de que interromperam a conversa tão logo entrei. Talvez já fosse desconfiar demais. Sentei-me. Era óbvio que minha presença os constrangia.

— E então? Quando é que embarca? — perguntei.

Isabel, aliviada, voltou-se para ele:

— Você vai mesmo para a Europa?

Garcia largou o garfo:

— Vou. Quem uma vez respirou o ar da Itália, acaba um dia voltando lá. — Segurou de novo o garfo, espetou um legume: — Mas desta vez vou a negócios.

Eu podia imaginar que espécie de negócios. Ele não continuou: foi interrompido pela campainha da rua.

— Quem será?

Fui abrir. Era um investigador.

17

Que é que há desta vez? — perguntei. Procurava aparentar calma, mas tremia de medo. Me lembrei do rapaz na polícia, a boca ensanguentada.

O homem não se deu ao trabalho de responder. Foi entrando sem cerimônia. O guarda que o acompanhava postou-se na porta. Garcia olhava tudo lá da mesa, surpreso.

— Uma pequena busca. Se o senhor não se incomoda.

Isabel também se conservara à mesa, sem se mexer. O nosso convidado levantou-se, resolveu intervir:

— De que se trata, posso saber? O senhor falou em busca? A propósito de quê?

O investigador encarou Garcia com ar entediado:

— Polícia, moço. Olhe aqui — e mostrou uma carteira que logo tornou a guardar. Garcia se voltou para mim:

— Que vem a ser isso?

— Roubaram a bolsa de uma mulher num bar aqui perto — cochichei, nervoso. — Outro dia fui chamado. Pensam que Isabel...

— Mas que significa isso? — repetiu ele para o policial, já em tom de protesto: — O senhor não pode dar busca sem mandado judicial. Nem invadir domicílio depois das seis horas da tarde, sob nenhum pretexto. Sou advogado, fique sabendo: conheço a lei.

Desta nem eu sabia. O homem afastou-o com displicência e se plantou diante de mim, mãos na cintura, paletó aberto, deixando à mostra o revólver. Seu sorriso era apenas uma crispação de lábios:

— Como sabe que era uma bolsa?

— Me falaram na polícia. Fui chamado lá — expliquei, aterrado com o lapso cometido.

— Está mais lembrado agora? — ele balançou o corpo sobre as pernas.

De súbito o reconheci: foi quem me deu a pancada na nuca, diante do velho, na delegacia.

— É o Pitanga — falei para mim mesmo, me sentindo perdido.

Deixando-me para trás, ele já subia a escada em direção ao quarto.

— Não pode fazer uma coisa dessas! — protestava o Garcia.

Corri para Isabel:

— Estamos perdidos! Que é que você vai fazer?

Ela me olhou como se não ouvisse. Em pouco o investigador ressurgiu, veio descendo a escada. Isabel se levantou, resoluta.

— Não faça isso, Isabel! — gritei: — Não diga nada!

O Bom Ladrão

Tentei retê-la pelo braço. Garcia deixara de intervir e olhava tudo pateticamente, garfo ainda na mão. Eu me sentia no último ato de uma peça de teatro. O homem de novo diante de nós:

— Não tenho tempo a perder. É melhor evitar que eu me aborreça. Onde é que está?

Um instante de silêncio. Isabel respirou fundo e me ordenou:

— Vá buscar.

Estarrecido, não saí do lugar:

— Buscar o quê? — tentei disfarçar, e falei baixinho: — Você está louca, Isabel?

— Vá buscar — repetiu ela, mais alto, fechando os olhos, como se desse tudo por perdido. O investigador mostrou os dentes.

— Assim é que eu gosto. Nada de gracinhas, hein?

O guarda acompanhando tudo lá da porta. Subi a escada devagar, apoiado no corrimão. Os degraus fugiam sob meus pés. Tinha a impressão que formavam um jogo de sombra e luz, apenas desenhados, não existiam. No quarto, encontrei tudo revirado. Apaguei a luz que o investigador deixara acesa e caí na cama. Relaxei o corpo, sentindo o suor no rosto, no pescoço. Os músculos da face tremiam. Olhava ao redor, mal distinguindo os móveis, o armário escancarado, gavetas abertas, peças de roupa pelo chão. Não compreendia nada. Ouvia a voz do Garcia lá embaixo e não compreendia. Sentia a presença de Isabel como uma nuvem no quarto. A voz dela aos meus ouvidos, seu rosto inclinado para me olhar, numa noite qualquer, ela em meus braços. Tentava ordenar os pensamentos, traçar um plano. Tudo perdido, era tarde, nem que eu matasse aquele homem. Matar, matar — repetia a ideia fixa e sem sentido, pois restaria o guarda, talvez houvesse outros lá fora, e eu nem tinha revólver, nenhuma arma. Lá embaixo a voz impaciente do investigador. Isabel me chamando. Me vi plantado no meio do quarto, os pensamentos se debatendo na cabeça. Vá buscar — ela ordenara. Estendi o braço entre o armário e a parede, tateei ansiosamente, procurando a bolsa. Era o único lugar em que poderia estar, todos os outros haviam sido vasculhados. Meus dedos finalmente a encontraram. Retirei-a, apertando-a contra o peito, sem saber o que fazer. A voz do homem de novo, passos na escada. Eu corria para lá e para cá, procurava um esconderijo, passos na escada, girava no escuro em torno do mesmo ponto, a voz do homem, minhas mãos se afundando no couro da bolsa — a luz se acendeu:

— Então? Achou, ahn?

Fiquei ofuscado com a repentina claridade. Fechei os olhos e recuei. Isabel olhava da porta. O homem avançou sem que eu fizesse o menor movimento:

— Me dá aqui. Deixa ver.

Estendi-lhe a bolsa num gesto frouxo. Se ele tivesse mandado que eu caísse de quatro, teria obedecido.

O investigador se sentou na cama, descontraído, como se cumprisse um ato de rotina. Abriu a bolsa e examinou o conteúdo: uma carteira de identidade, uma carta, notas de venda, níqueis, uma cigarreira, um isqueiro de ouro.

— Olha só — exclamou, assombrado. E retirou da bolsa, dependurada nos dedos, uma pulseira de brilhantes. Tornou a guardar tudo, levantou-se: — Quanto ao dinheiro, mais tarde se apura.

Voltou-se para Isabel. Interpus-me de um salto:

— Ela não tem nada com isso. Nem sabia. A culpa é toda minha.

Ele não me deu a menor atenção, dirigindo-se a ela:

— A senhora vai ter de aparecer para depor. Fica avisada desde já.

E me tomou pelo braço:
— Vamos.

18

Muita coisa de que eu mal suspeitava contribuiu para me condenar. Até o Dr. Sinval depôs contra mim. Acusou-me de ter recebido publicidade sem autorização e ficado com o dinheiro. O único anúncio de que me lembrava era o de Isabel, que me levou para sua casa. E que ela nunca pagou.

Houve mais, e pior. Caras desconhecidas desfilavam suas queixas. Isabel também compareceu:

— Ele tinha de fato essa mania — depôs, com o intuito de conseguir uma atenuante.

Meu pai ficou sabendo pelos jornais, veio de Barbacena às pressas, e pouco tempo depois do julgamento encerrado morria, de desgosto ou de velhice.

Recebi na prisão apenas duas visitas de Isabel, uma do Garcia e outra dos dois juntos. Na primeira, Isabel me levou cigarros. Na segunda, me contou que o Garcia estava mesmo de partida para a Europa, dependendo de arranjar uma secretária. A atitude dele naquela noite, tomando minha defesa e se arriscando a ser preso também — motivo na certa não faltaria —, arrefeceu um pouco a antipatia que me inspirava.

A ideia me acudiu de repente:

— De quanto tempo é essa viagem?

O Bom Ladrão

— Seis meses, mais ou menos, segundo ele me disse.

— Por que você não vai?

— Vai aonde?

— Vai com ele.

Ela me olhou surpreendida, mas seus olhos brilhavam:

— Que ideia!

— Como secretária dele, é lógico. Você se distrai um pouco, e quando voltar...

Ela não podia acreditar que eu falasse a sério:

— Mas você sempre disse que ele não é boa companhia, que não confia nele.

— Confio em você.

Trocamos um beijo entre as grades.

— Não quero você triste, à minha espera.

Poucos dias depois era o Garcia que vinha me visitar. Agradecia a sugestão, sensibilizado com tamanha prova de confiança:

— Mas não sei se devo...

— Deve, ora essa.

Assim, ficou tudo combinado. Voltaram um dia para se despedir:

— Vamos lhe escrever sempre — Isabel enxugou uma lágrima.

Trocamos um último beijo, o mais longo.

Iam viajar de navio, como era comum na época. Os negócios dele começavam a bordo. No dia da partida, imaginei o movimento no cais, o navio, a afobação dos dois, as malas. A emoção da largada, as distrações da viagem, as águas se perdendo longe, no horizonte. Nesse dia, cheguei a sentir algum ciúme, vontade de ir também para a Europa.

Ciúme sem propósito, como todos os sentimentos que Isabel me inspirou. Cansada do Garcia, ela não embarcou para a Europa: acabou vendendo a casa e se mudou, indo morar não sei onde nem com quem.

O próprio Garcia não chegou a embarcar. Mas tantas fez, que mais tarde conseguiu uma passagem aérea, voou para os Estados Unidos, e por lá foi ficando. De vez em quando me mandava um cartão, falando nos bons negócios que fazia: "O que vale na vida é o dinheiro. E eles aqui sabem ganhar dinheiro. Não se habilita, Dimas?"

Não, não me habilitei. O mundo já tinha muitos Garcias. Preferi voltar para Minas, assim que comutaram a minha pena. Afinal, pelo menos juridicamente, fui considerado um bom ladrão.

O BOM LADRÃO

19

Hoje, depois de tanto tempo, volto a me indagar com quem estaria a verdade: comigo ou com Isabel. Em certos momentos, sou levado a acreditar que não estivesse nem com um nem com outro — ou melhor, com ambos: naquele plano entre a realidade e a imaginação, em que se unem os contrários, e a verdade passa a depender do ponto de vista em que nos colocamos.

Os comentários sobre ela que se faziam na redação, por exemplo, talvez não passassem de irreverentes brincadeiras, comuns entre companheiros de jornal. Seus encontros com o Garcia podiam perfeitamente ser fortuitos e não haver nada entre eles. E os incidentes envolvendo canetas, livros, colherinhas, isqueiros, abotoaduras e outros pequenos objetos de uso cotidiano, que eventualmente trocaram de mãos, nada levam a concluir em relação ao envolvimento dela. Aquele que ocasionou a minha prisão, mais grave, continua inexplicável: havia realmente uma bolsa, contendo objetos de valor, escondida atrás de um armário em nossa casa. Quem a colocou ali? O Garcia, talvez? Ele estava presente no dia em que foi encontrada pela polícia.

Como já disse, muita coisa me aconteceu depois de Isabel. Eu teria outras passagens de minha vida a recordar, não fosse o fato recente que veio suscitar estas lembranças.

Na última vez que estive no Rio, entrei numa joalheria de Copacabana, em cuja porta estava escrito "Compra-se ouro". Eu não pretendia senão avaliar o relógio de ouro que foi do meu pai, e que levara comigo com intenção de vender, por não me ser de nenhuma serventia: hoje em dia pouco se me dá saber as horas, por isso não uso relógio; se usasse, não haveria de ser um anacrônico modelo de bolso.

Não cheguei sequer a exibi-lo ao joalheiro. Olhando casualmente para a vitrine, vi, através de minha figura refletida no vidro, a de alguém lá fora, na rua. A minha era de um homem de cabelos brancos, já de idade, mas ainda desempenado; a da rua era de uma mulher vistosa, aparentando não mais que uns quarenta anos, o corpo bem definido dentro de um vestido de corte elegante. Estava acompanhada de um homem calvo, de meia-idade, ar esportivo e saudável, com um *blazer* azul-marinho e camisa de seda de gola aberta. Naquele instante ela apontava uma joia na vitrine e mostrava num sorriso os dentes brancos e perfeitos. Os cabelos louros, arranjados em cuidadoso penteado, acrescentavam um toque de nobreza ao seu porte hierático, imponente.

Era a minha mulher.

O Bom Ladrão

Uma mulher idosa, aparentando pelo menos uns sessenta anos, o corpo informe dentro de um vestido mal-ajambrado. Estava acompanhada de um homem calvo, de meia-idade, magro e de uma palidez doentia, com um paletó largo e usado, camiseta encardida. Naquele instante ela apontava uma joia na vitrine e mostrava num sorriso os dentes escuros de nicotina. Os cabelos grisalhos, com mancha de tintura e em desalinho, acrescentavam um toque de vulgaridade à sua aparência humilde, decadente.

Era a minha mulher.

Minha mulher, porque nunca chegamos a legalizar nossa separação — foi tudo que me ocorreu no momento. Recuei, temendo ser visto, mas Isabel logo se afastava com seu companheiro.

Qual das duas visões foi a verdadeira, qual nasceu da minha imaginação? De tanto pensar, acabei não sabendo distinguir uma da outra: entre ambas impõe-se uma terceira, sem contornos definidos, envolvida para sempre em mistério.

O que me leva de volta ao enigma de Capitu. Vamos a ele.

SOBRE O AUTOR

FERNANDO (Tavares) SABINO nasceu em Belo Horizonte, a 12 de outubro de 1923. Fez o curso primário no Grupo Escolar Afonso Pena e o secundário no Ginásio Mineiro, em Belo Horizonte. Aos 13 anos escreveu seu primeiro trabalho literário, uma história policial publicada na revista *Argus*, da polícia mineira.

Passou a escrever crônicas sobre rádio, com que concorria a um concurso permanente da revista *Carioca*, do Rio, obtendo vários prêmios. Uniu-se logo a Hélio Pellegrino, Otto Lara Resende e Paulo Mendes Campos em intensa convivência que perduraria a vida inteira. Entrou para a Faculdade de Direito em 1941, terminando o curso em 1946 na Faculdade Federal do Rio de Janeiro.

Ainda na adolescência publicou seu primeiro livro, *Os grilos não cantam mais* (1941), de contos. Mário de Andrade escreveu-lhe uma carta elogiosa, dando início à fecunda correspondência entre ambos. Anos mais tarde, publicaria as cartas do escritor paulista em livro, sob o título *Cartas a um escritor quando jovem* (1982). Em 1944 publicou a novela *A marca* e mudou-se para o Rio. Em 1946 foi para Nova York, onde ficou dois anos que lhe valeram uma preciosa iniciação na leitura dos escritores de língua inglesa. Neste período escreveu crônicas semanais sobre a vida americana para jornais brasileiros, muitas delas incluídas em seu livro *A cidade vazia* (1950). Iniciou em Nova York o romance *O grande mentecapto*, que só viria retomar 33 anos mais tarde, para terminá-lo em dezoito dias e lançá-lo em 1976 (Prêmio Jabuti para Romance, São Paulo,

1980), com sucessivas edições. Em 1989 o livro serviria de argumento para um filme de igual sucesso, dirigido por Oswaldo Caldeira.

Em 1952 lançou o livro de novelas *A vida real*, no qual Fernando Sabino exercita sua técnica em novas experiências literárias, e em 1954, *Lugares-comuns – Dicionário de lugares-comuns a ideias convencionais*, como complemento à sua tradução do dicionário de Flaubert. *O encontro marcado* (1956), primeiro romance, abriu à sua carreira um caminho novo dentro da literatura nacional.

Morou em Londres de 1964 a 1966 e tornou-se editor com Rubem Braga (Editora do Autor, 1960, e Editora Sabiá, 1967). Seguiram-se os livros de contos e crônicas *O homem nu* (1960), *A mulher do vizinho* (1962, Prêmio Fernando Chinaglia do Pen Club do Brasil), *A companheira de viagem* (1965), *A inglesa deslumbrada* (1967), *Gente I e II* (1975), *Deixa o Alfredo falar!* (1976), *O encontro das águas* (1977), *A falta que ela me faz* (1980) e *O gato sou eu* (1983). Com eles veio reafirmar as suas qualidades de prosador, capaz de explorar com fino senso de humor o lado pitoresco ou poético do dia a dia, colhendo de fatos cotidianos e de personagens obscuros verdadeiras lições de vida, graça e beleza.

Viajou várias vezes ao exterior, visitando países da América, da Europa e do Extremo Oriente e escrevendo sobre suas experiências em crônicas e reportagens para jornais e revistas.

Passou a dedicar-se também ao cinema, realizando em 1972, com David Neves, em Los Angeles, uma série de minidocumentários sobre Hollywood para a TV Globo. Fundou a Bem-te-vi Filmes e produziu curtas-metragens sobre feiras internacionais em Assunção (1973), Teerã (1975), México (1976),

Argel (1978) e Hannover (1980). Produziu e dirigiu com David Neves e Mair Tavares uma série de documentários sobre escritores brasileiros.

Publicou ainda *O menino no espelho* (1982), romance das reminiscências de sua infância, *A faca de dois gumes* (1985), uma trilogia de novelas de amor, intriga e mistério, *O pintor que pintou o sete*, história infantil baseada em quadros de Carlos Scliar, *O tabuleiro de damas* (1988), trajetória do menino ao homem feito, e *De cabeça para baixo* (1988), sobre "o desejo de partir e a alegria de voltar" — relato de suas andanças, vivências e tropelias pelo mundo afora...

Em 1990, lançou *A volta por cima*, coletânea de crônicas e histórias curtas. Em 1991 a Editora Ática publicou uma edição de 500 mil exemplares de sua novela "O bom ladrão" (constante da trilogia *A faca de dois gumes*), um recorde de tiragem em nosso país, na época. No mesmo ano foi lançado seu livro *Zélia, uma paixão*. Em 1993 publicou *Aqui estamos todos nus*, uma trilogia de ação, fuga e suspense, da qual foram lançadas, em separado, pela Editora Ática, as novelas "Um corpo de mulher", "A nudez da verdade" e "Os restos mortais". Em 1994 foi editado pela Record *Com a graça de Deus*, "leitura fiel do Evangelho, segundo o humor de Jesus". Em 1996 relançou, em edição revista e aumentada, *De cabeça para baixo*, relato de suas viagens, e *Gente*, encontro do autor ao longo do tempo com os que vivem "na cadência da arte". Também em 1996, a Editora Nova Aguilar publicou em três volumes sua *Obra reunida*. Em 1998 a Editora Ática lançou, em separado, a novela "O homem feito", do livro *A vida real*, e *Amor de Capitu*, recriação literária do romance *Dom Casmurro*, de Machado de Assis. E ainda em 1998, além de *O galo músico*, "contos e novelas da juventude à maturidade, do desejo ao amor", a Record editou, com grande sucesso de crítica e de público, o livro de crônicas e histórias *No fim dá certo* ("se não deu certo é porque não chegou ao fim") e em 1999, *A chave do enigma*. No mesmo ano o autor foi agraciado com o Prêmio Machado de Assis da Academia Brasileira de Letras pelo conjunto de obra.

Em 2001, reuniu em *Livro aberto*, lançado pela Editora Record, as suas "páginas soltas ao longo do tempo", e sua correspondência com Clarice Lispector em *Cartas perto do coração*. E em 2002, lançou *Cartas na mesa*, dedicado aos três parceiros, seus amigos para sempre, Hélio Pellegrino, Otto Lara Resende e Paulo Mendes Campos.

Fernando Sabino faleceu no Rio de Janeiro, em 11 de outubro de 2004

OBRAS DO AUTOR

Editora Ática
A vitória da infância, crônicas e histórias – *Martini seco*, novela – *O bom ladrão*, novela – *Os restos mortais*, novela – *A nudez da verdade*, novela – *O outro gume da faca*, novela – *Um corpo de mulher*, novela – *O homem feito*, novela – *Amor de Capitu*, recriação literária – *Cara ou coroa?*, seleção infantojuvenil – *Duas novelas de amor*, novelas – *O evangelho das crianças*, leitura dos evangelhos.

Editora Record
Os grilos não cantam mais, contos – *A marca*, novela – *A cidade vazia*, crônicas de Nova York – *A vida real*, novelas – *Lugares-comuns*, dicionário – *O encontro marcado*, romance – *O homem nu*, contos e crônicas – *A mulher do vizinho*, crônicas – *A companheira de viagem*, contos e crônicas – *A inglesa deslumbrada*, crônicas – *Gente*, crônicas e reminiscências – *Deixa o Alfredo falar!*, crônicas e histórias – *O encontro das águas*, crônica sobre Manaus – *O grande mentecapto*, romance – *A falta que ela me faz*, contos e crônicas – *O menino no espelho*, romance – *O gato sou eu*, contos e crônicas – *O tabuleiro de damas*, esboço de autobiografia – *De cabeça para baixo*, relatos de viagem – *A volta por cima*, crônicas e histórias – *Zélia, uma paixão*, romance-biografia – *Aqui estamos todos nus*, novelas – *A faca de dois gumes*, novelas – *Os melhores contos*, seleção – *As melhores histórias*, seleção – *As melhores crônicas*, seleção – *Com a graça de Deus*, "leitura fiel do evangelho segundo o humor de Jesus" – *Macacos me mordam*, conto em edição infantil, ilustrações de Apon – *A chave do enigma*, crônicas, histórias e casos mineiros – *No fim dá certo*, crônicas e histórias – *O galo músico*, contos e novelas – *Cartas perto do coração*, correspondência com Clarice Lispector – *Livro aberto*, "páginas soltas ao longo do tempo" – *Cartas na mesa*, "aos três parceiros, amigos para sempre, Hélio Pellegrino, Otto Lara Resende, Paulo Mendes Campos" – *Cartas a um jovem escritor e suas respostas*, correspondência com Mário de Andrade – *Os movimentos simulados*, romance.

Editora Berlendis & Vertecchia
O pintor que pintou o sete, história infantil inspirada nos quadros de Carlos Scliar.

Editora Rocco
Uma ameaça de morte, conto policial juvenil – *Os caçadores de mentira*, história infantil.

Editora Ediouro
Maneco mau e os elefantes, história infantil – *Bolofofos e finifinos*, novela infantojuvenil.

Editora Nova Aguilar
Obra reunida.